AF194131

Rüdiger Schneider

Herzbergs Experiment

Personen und Handlung sind frei erfunden, Ähnlichkeiten oder gar Übereinstimmungen mit Namen rein zufällig.

Rüdiger Schneider

Herzbergs Experiment

Novelle

Bibliografische Information der Deutschen Nationalbibliothek: Die Deutsche Nationalbibliothek verzeichnet diese Publikation in der Deutschen Nationalbibliografie; detaillierte bibliografische Daten sind im Internet über http://dnb.d-nb.de abrufbar.

Herstellung und Verlag: BoD – Books on Demand, Norderstedt

ISBN: 9783756207275

1

Niko Herzberg betrachtete aus beruflichen Gründen das Herz wissenschaftlich. Es war ein Muskel, der an jeder Stelle operabel war. Es war, wenn auch kompliziert, schlicht eine Pumpe, die den Körper versorgte, am Leben, am Laufen hielt so wie der Motor das Auto. Es war austauschbar, so wie jede Maschine mit einem neuen Betriebssystem versehen werden konnte. Eingriffe aller Art, egal ob Bypässe oder der Ersatz von Klappen waren dank modernster vom Computer unterstützter Systeme möglich und für ihn zu einem raffinierten Spiel der Technik geworden, das er als Chirurg nach vielen Jahren der Erfahrung beherrschte. Das Herz verfügte nicht über eine eigene, selbstständige Wahrnehmung, sondern war schlicht ein reaktives Organ, das auf Sinneswahrnehmungen reagierte. Es reagierte auf das, was man sah, hörte, dachte, fühlte und reagierte dem entsprechend, indem es schneller oder langsamer schlug. Es konnte sich in freudiger Erregung melden, bei einem Schrecken in den Galopp verfallen oder bei einer mental gesteuerten Meditation sich beruhigen und in einen ruhigeren Takt kommen. Bei körperlicher Anstrengung, etwa beim Sport, war der Fall sowieso klar. Dann mussten Beine oder Arme stärker versorgt werden, die Pumpe also schneller arbeiten genau so wie bei einem Auto, wenn man Gas gab und der Motor aufheulte.

Was der Volksmund über das Herz verbreitete, tat Herzberg als esoterischen Humbug ab. Wenn Liebeskummer einem das Herz brach, war es nicht das Herz, das den Kummer als erstes spürte, sondern man erkannte die Verlassenheit und das Herz reagierte als Versorgungsmotor des Körpers. Ebenso, wenn einem das Herz in der ersten Verliebtheit brannte. Es brannte nicht, sondern reagierte schlicht auf den Ausstoß von Hormonen, so wie bei einem Druck auf das Gaspedal der Motor mit mehr Benzin oder Strom versorgt wurde. Ebenso konnte man nicht aus dem Herzen sprechen. Es war der Kopf, der die Gedanken formulierte, der Mund, der sie aussprach. Ein Herz, das sich verschließt, atmet nicht, hieß es auch. Unsinn. Die Lunge war da das zentrale Organ. Und Saint-Exupery's Spruch aus der ‚Kleine Prinz' – „Man sieht nur mit dem Herzen gut!" – war Gefühlsduselei. Das Herz selbst konnte nicht sehen. Es lag verschlossen im Brustkorb, war blind, der Reaktion auf Licht unfähig. Es war von den Gedanken gesteuert, von mentaler Empathie, wenn man etwas gesehen oder gehört hatte. Wahrscheinlich hatten all diese Geistesgrößen, egal ob Dichter oder Philosoph, das mit ihrer Hymne auf das Herz auch so gemeint. Egal, ob sie Shakespeare oder Goethe hießen oder wie Nietzsche behaupteten: „Mancher findet sein Herz nicht eher, als bis er seinen Kopf verliert." Ähnlich hatte sich auch der stets flüchtende Casanova geäußert: „Die Vernunft ist des Herzens größte Feindin!"

„Was für ein Blödsinn!" dachte Herzberg. „Ohne Vernunft, Nachdenken, Können, Kunstfertigkeit geht gar nichts. Man stelle sich vor, ich verliere bei einer Operation am offenen Herzen meinen Verstand! Oder ein Pilot vernachlässigt bei einem nächtlichen Flug die Instrumente, weil er sich dem Liebestaumel mit der Stewardess hingegeben hat! Eine Katastrophe, wenn man so denkt wie Nietzsche oder Casanova!"

Etwas nüchterner hatte es Napoleon gesehen. „Eine schöne Frau gefällt den

Augen, eine gute dem Herzen." Ob der Franzose danach gehandelt hatte? Wohl kaum. Der ließ sich doch eher von der eigenen Lust und der Freude an der Schönheit leiten. Eine Schöne und zugleich Gute wäre das Optimale. Da hätte das Herz gehüpft, während es bei einer Hässlichen, egal zu welchen Wohltaten sie fähig war, geschwiegen hätte. Schön reden konnten sie. Dichter, Denker, eroberungswillige Tyrannen. Aber die Welt des Herzens war eben anders. Sie gehörte dem Skalpell, dem Computer, der HLM, der Herz-Lungen-Maschine, den Röntgenstrahlen und dem Bildschirm, dem Können, der Kunstfertigkeit des Chirurgen. Alles andere war nach Herzbergs Überzeugung sentimentaler Unsinn, eine Irreführung der Wissenschaft. Man sah nicht mit dem Herzen gut, sondern mit den Augen und dem Skalpell in der Hand. Ganz so radikal, einseitig war Herzbergs Einstellung natürlich nicht. Herzfehler hatten Ursachen. Operativ waren sie zunächst zu beheben. Für die tiefer liegenden Ursachen waren indes andere zuständig. Psychologen, Psychotherapeuten, Heilpraktikerinnen, Ernährungsberaterinnen, vielleicht auch der Pfarrer von nebenan. Er, Herzberg, war dazu berufen einen Muskel zu reparieren oder auszutauschen, Leben zu retten. Dass das Herz nicht über eigene Wahrnehmungen verfügte wie etwa die Augen, sondern nur reagierte, schien ihm sonnenklar. Der Grund für den Aberglauben des Volksmunds lag auf der Hand. Das Herz war das einzige sich bewegende Organ im Körper, schien ein eigenständiges Leben zu haben.

2

Mit vollem Vornamen hieß Herzberg ‚Nikolai'. Diesen Namen hatte er seiner Mutter zu verdanken. Die war Pianistin im Kölner Symphonieorchester gewesen und verehrte den russischen Komponisten Nikolai Rimsky-Korsakoff. Sein berühmtestes Stück ‚Scheherazade' hörte man im Hause Herzberg bis zum Überdruss. Daran und wohl auch an dem ewigen Pianogeklimper mochte es gelegen haben, dass Nikos Vater oft abwesend war und sich lieber anderswo aufhielt. Dieser andere Ort war das Kölner Kulturkino ‚Lupe' in der Zülpicher Straße, wo er als Filmvorführer arbeitete und nach der

Spätvorstellung immer zur Nachtzeit nach Hause kam. Als Niko alt genug war, saß er bei freiem Eintritt oft im Kino, sah sich Filme an, erlebte die Welt auf der Leinwand. Besonders imponierte ihm einmal ein Beitrag der vor den Filmen laufenden ‚Wochenschau'. Da hatte im südafrikanischen Kapstadt ein Chirurg die erste Herzverpflanzung der Welt durchgeführt. „So etwas möchte ich auch können!" dachte Niko. „Medizin, das ist beruflich das Richtige. Medizin auf höchstem Niveau." Da es damals für dieses Studium noch keinen Numerus Clausus gab, man sich für das Abitur also nicht besonders anstrengen musste, um einen guten Notendurchschnitt zu bekommen, achtete er nur auf die naturwissenschaftlichen Fächer, auf die Biologie, Physik, Chemie und auch die Mathematik. Hier brachte er es zu sehr guten Leistungen, während er die anderen Fächer bis auf Englisch und Französisch schleifen ließ. Sprachen musste man schließlich für eine gewisse Weltläufigkeit können. In Kunst, Musik und Deutsch reichte es gerade für ein ‚ausreichend'. Ebenso im Sport, weil er Turnen für albern hielt. Immerhin war es ein ‚ausreichend'.

Im Fach ‚Religion‘ dagegen erschien als Makel ein ‚mangelhaft‘ auf dem Zeugnis, weil er den lieben Gott noch nie gesehen und dem Dogma von der unbefleckten Empfängnis vehement widersprochen hatte. Das hatte den Lehrer, der auch als Geistlicher, als Seelsorger arbeitete, gekränkt und zu dieser vernichtenden Note geführt. Das ‚mangelhaft‘ in Religion war jedoch nicht unberechtigt, da sich Niko nicht an den unterrichtlichen Diskussionen beteiligte, sondern lieber unter der Schulbank das Periodensystem der Elemente auswendig lernte. Dabei war er erwischt und für einige Zeit vom Religionsunterricht ausgeschlossen worden. An die Eltern erging eine Mitteilung, ein ‚blauer Brief‘. Der Mutter war es egal, dem Vater auch. Der hatte nur bemerkt:

„Den lieben Gott gibt es nur auf der Leinwand. Bei diesem katholischen Kino musst du nicht mitmachen.“

Er war also in einem liberalen Kölner Elternhaus aufgewachsen, fühlte sich schon frühzeitig zur Medizin berufen, erledigte das Studium mit Bravour, brachte es sogar zu einem Professorentitel. Von Frauen hielt er sich bis zu seinem 35. Lebensjahr fern, betrachtete sie als

gefährlich für sein berufliches Fort-
kommen. Versagte er sich der weiblichen
Welt, was er als Einsicht und Vernunft
bezeichnete, so ging es mit seiner Karriere
als Herzchirurg glanzvoll in die Höhe. Für
komplizierte Operationen verlangte man
nach dem Professor Herzberg, flog ihn
sogar mit dem Hubschrauber zu den
verschiedensten Kliniken in Deutschland,
und bald war es so weit, dass er mit dem
Kern seines Teams, wenn der Scheich nicht
transportfähig war, in die Vereinigten
Arabischen Emirate, nach Dubai, Abu
Dhabi zu Operationen eingeladen wurde
und bald folgten auch die Königreiche
Bahrein und Saudi Arabien.

Seinem Konto wie auch seinem Ego
taten diese Einladungen gut. Er pflegte
einen einfachen Lebensstil, trank und
rauchte nicht, achtete auf eine gesunde
Ernährung, hielt sich fit mit Tennisspielen,
wohnte in Köln zur Miete in einer
einfachen Zweizimmerwohnung, deren
besondere Auffälligkeit das Schlafzimmer
war. Hier war an der Tür ein großes,
goldenes Schild angebracht, auf dem
‚Cinema' stand. In der Tat hing an der
Wand gegenüber dem Doppelbett ein
riesiger Bildschirm, auf dem sich

Herzberg, hatte er einmal Zeit dazu, Filme ansah. Es war eine Erinnerung an seine Jugend, als er oft in der ,Lupe' saß und die Welt auf der Leinwand an sich vorüberziehen ließ. Hatte er, was allerdings selten geschah, Damenbesuch und die Dame wunderte sich über das Schild an der Tür, so sagte er nur lakonisch: „Filme, Träume, Bewegungen."

Und noch eine Besonderheit wollen wir nicht verschweigen. Am Heiligen Abend ließ er auf der Rheinwiese ein Partyzelt aufbauen, stattete es mit Tischen und Stühlen aus, ließ es heizen und bewirtete dort Obdachlose. Neben einer opulenten Mahlzeit wurden auch Getränke gereicht. Bier, Sekt, Wodka.

„Ich weiß", meinte Herzberg dazu, „das Gesundheitsamt hat etwas dagegen. Das Christkind hat Muttermilch getrunken. Aber das ist nichts für euch."

Für sich selbst leistete er sich nur den Luxus, in Spanien, in der Gegend von Malaga, an der Costa del Sol in einem am Strand gelegenen Wohnblock eine Wohnung zu kaufen. Hier war er allerdings selten, da ihm sein Beruf kaum Zeit ließ. Am Herzen litten viele, kamen aus aller Herren Länder, vor allem die

Reichen, denen er mit seinem Skalpell und seinen Fertigkeiten zur Hilfe kommen musste. Er selbst konnte sich auch reich nennen, auch wenn er noch Lichtjahre von den Milliardären der Welt, etwa den Scheichs, den Aldi-Brüdern, dem Facebook-Erfinder, Elon Musk oder dem Chef von ‚amazon' und vielen anderen, entfernt war. Er kümmerte sich nicht um sein Konto, nicht um das Geld und dessen Vermehrung. Es war einfach da, wenn er es brauchte. Das reichte ihm. Für das Finanzamt war ein Steuerberater zuständig. Mit der lästigen Bürokratie wollte er nichts zu tun haben. Ebenso nicht mit Frauen. Eine Ausnahme gab es erst, als er 35 war.

3

Manche Frau mag das bedauert haben. Er sah passabel aus, war schlank, blauäugig, hatte eine Größe von 1.85, das dichte, dunkelblonde Haar hielt bis in ein Alter, wo viele andere Männer mit einer Glatze herumliefen oder sich mit einem Toupet behalfen. Seine Entsagung beruhte vielleicht auch auf der Furcht vor der

Gefahr. Man könnte kurz sagen. „Erst Karriere, dann vielleicht eine Frau!" Eine Frau war für ihn ein rätselhaftes Wesen. Da war doch eher die Quantenmechanik zu verstehen. Oder die Dame auf dem Schachbrett, die sich nach logischen Regeln führen ließ.

Das Schicksal blitzte das erste Mal auf, als er sich entschloss, das Tennisspielen zu erlernen und einem Lindenthaler Verein beizutreten. Nach ein paar Trainerstunden konnte er den Schläger schon leidlich schwingen, war flink, beweglich, egal ob am Netz oder hinten an der Grundlinie. Schon bald wurde er zu Doppelspielen eingeladen, auch Frauen waren dabei. Eine fiel ihm besonders ins Auge. Eine kesse, dreißigjährige Rothaarige. Sie hieß Lydia, hatte eine schöne, herausfordernde Figur, war, was Herzberg als Vorteil empfand, verheiratet. Bald verabredeten sie sich auch zum Einzelspiel, und eines frühen Morgens, die Anlage war leer, funktionierte die Herrendusche nicht.

„Du kannst auch mit mir duschen", meinte Lydia, und als er zögerte, sagte sie:

„Ich beiße nicht. Sei nicht so verklemmt! Du musst mich nicht mehr entjungfern."

So hatte er also mit 35 sein erstes Liebeserlebnis, empfand es unter dem warmen Strahl der Dusche als prickelnd, angenehm und wiederholungsbedürftig. Dass Lydia verheiratet war und es auch bleiben wollte, garantierte eine gewisse Freiheit. Sie würde ihm nicht mit einer festen Beziehung und Besitzansprüchen auf den Nerv gehen. Da die Männerdusche bald wieder repariert war, verlegten sie ihre Treffen zunächst in den Kölner Grüngürtel und dann auch in sein Appartement.

Ein ganzes Jahr hielt dieses lockere Verhältnis. Dann hatte der Ehemann Wind von der Affäre bekommen, ihn angerufen und gesagt:

„Noch einmal ein Treffen mit meiner Frau! Dann komm ich in die Klinik. Ich bin im Schützenverein."

Frauen konnten einen also in die Katastrophe stürzen. In seinem Freundes- und Bekanntenkreis hatte er das oft genug mitbekommen. Ein verliebter Mann war abhängig, manipulierbar. Wurde er verlassen, gab er sich dem Suff hin, hängte den Beruf an den Nagel oder beging Fehler, die zur Entlassung führten oder sprang sogar von einer Brücke oder wählte ein Zuggleis als letzte Lösung. Zumindest fiel man in eine Depression, die einem das Leben schwermachte. Oder aber die Liebe endete in einer langweiligen Ehe, in der man lästigen Pflichten nachging und sich nach einer gewissen Zeit schweigend im Restaurant gegenübersaß, sich nichts mehr zu erzählen wusste, weil bereits alles gesagt war. Es gab nichts wirklich Neues mehr. Und auch im Bett hatte sich die Langeweile eingeschlichen. Man hoppelte nicht mehr wie die Kaninchen herum, sondern ging verdrossen einer Gewohnheit nach oder gehorchte einer hormonellen Not.

Eine feste Beziehung, eine richtige Freundin, mied Herzberg. Da wäre eher der Teufel in den Weihwasserkessel gesprungen. Der sexuelle Trieb war für ihn eine Laune der Natur, der er lieber widerstehen und keinen Tribut zollen wollte. Die Liebe, bei der das Herz in einem besonderen Takt schlug, hatte er ins Wartezimmer verbannt.

4

Herzbergs nüchterne, wissenschaftliche Einstellung, sein Hang zu einem klar formulierten Rationalismus mag verwundern, wuchs er doch in einem liberalen Elternhaus auf. Die Mutter pflegte die Musik. Der Vater glänzte durch Abwesenheit. In dieser Familie, Geschwister hatte er keine, hätte er alle Freiheiten gehabt. Aber es gab keine wilden Partys, keine Mädchen wurden eingeladen. Das einzig Rebellische war, dass er der Klassik der Mutter die Rolling Stones entgegensetzte. Da drehte er die Lautsprecher in seinem Zimmer voll auf, hörte ‚I can't get no satisfaction'. Ab und zu klopfte die Mutter an die Tür: „Niko, stell doch dieses grauenvolle Gegröle ab oder zumindest leiser. Ich kann ja den eigenen Anschlag nicht mehr hören."

Man mag vermuten, dass seine Hingabe an die Wissenschaft in deren Verlässlichkeit begründet war. Hier konnte man planen, berechnen, mit technischer Kunstfertigkeit eingreifen. Bei Frauen sah er das als nicht gegeben an und wich wohl deswegen Bindungen aus. Man könnte es auch Angst vor dem Unplanbaren, nicht zu Beherrschenden nennen. Als sein Konto, da war er in den Vierzigern, satte, schwarze Zahlen aufwies, hätte er jeder Frau viel bieten können und wäre eine gute Partie gewesen. Jedenfalls, was das Materielle betraf. Ob es auch amüsante und interessante Gespräche gegeben hätte, ist ungewiss. Herzberg hielt nichts von den Ergüssen der Literatur oder den Diskursen der Philosophie. Die Politik war ihm egal. Das Fernsehprogramm fand er fade, uninteressant. Kitsch, Krimi, Kochen, Talkshows, das stündliche Stakkato schlechter Nachrichten. Eine Frau hätte sich indes mit ihm wunderbar über die Fortschritte der Herzchirurgie unterhalten können. Das war das Einzige, was Herzberg regelmäßig las. Kein medizinisches Magazin entging ihm. Für solche Gespräche hätte er sich auf eine Kollegin einlassen müssen, was er aber strikt ablehnte.

Wir wollen ihn hier nicht zum Fachidioten machen. Ganz so schlimm war das Fernsehprogramm nicht. Niko Herzberg sah gerne Reisereportagen. Eine Fahrt auf dem Amazonas, die Begegnung mit rätselhaften Indianern, eine Trekkingtour durch Nepal, Tibet oder Ladakh, die Durchquerung der Anden, mit dem Jeep durch Feuerland, mit einer Harley-Davidson den Mekong entlang, von einem der Gipfel des Kilimandscharo-Massivs einen Blick in die Steppe der Massais zu werfen, die wilde Natur der Kap Verdischen Inseln kennenzulernen, dem Zauber der Südsee nachzuspüren, Tahiti etwa, wo der Maler Gauguin nicht müde wurde, geheimnisvolle Frauen zu porträtieren. Besonders in Erinnerung geblieben war ihm eine Reportage über die zu Neuseeland gehörende Südseeinsel Rarotonga, auch Cook Islands genannt. Eine kleine Insel nur, aber mit einer wunderschönen, vielfältigen Vegetation. Man konnte die Insel mit dem Motorrad oder dem Jeep in einer Stunde umrunden. Andere Welten faszinierten ihn, wie sie ihn zugleich auch abschreckten. Aber solche eigenen Reisen waren Träume, denen der Beruf im Wege stand. Seine Aufenthaltsorte waren Flugzeuge, Hubschrauber, Taxis, Hotels, deutsche und arabische Kliniken, Konferenzsäle, in denen man die neuesten Erkenntnisse der Herzchirurgie austauschte. In seinem Appartement in Köln war er nur selten. Seine Mobilität, die man auch Rastlosigkeit nennen könnte, stand natürlich einer engen Beziehung oder gar Ehe im Wege. Welche Frau hätte dieses ewige Unterwegssein, die nahezu permanente Abwesenheit mitgemacht? Das mag auch als Entschuldigung für seine Bindungsscheu gelten. Im Prinzip war er nicht anders als sein Vater, der selten zu Hause war und sich lieber im Vorführraum des Kinos aufhielt. Nur sonntags hatte er ihn bei einem späten Frühstück gesehen.

5

Dass er dem sexuellen Trieb völlig aus dem Weg ging, war nicht immer so. Es gab auch ein paar kurzfristige Affären, kleine, prickelnde Abenteuer. Eins war ihm in besonderer Erinnerung. Das war bei einer Münchener Konferenz gewesen. Er logierte für eine Nacht im Hotel, im ‚Mandarin Oriental‘, in der Münchener Altstadt. Der Preis für die Übernachtung, 820 Euro, war ihm egal. Die Referate auf der Konferenz stimmten mit seiner eigenen Erfahrung, dass das Herz nur ein reaktiver Muskel, eine mechanische Pumpe ist, überein. Nur eine peruanische

Chirurgin, die offensichtlich schamanisch beeinflusst war, lag quer. Sie sprach unter dem Kopfschütteln der Teilnehmer dem Herz eigene Wahrnehmungsfähigkeiten zu. Als hätte dieses Organ eine unabhängige Sensorik. Herzberg, der eigentlich selten trank und bei irgendwelchen Treffen nur am Glas nippte, hatte sich am Abend ausnahmsweise in die Hotelbar begeben, saß auf einem Hocker an der Theke, hatte, warum auch immer, einen Whisky vor sich, dachte, wiederum kopfschüttelnd, über den Unsinn des gehörten Beitrags nach. Die Welt war komisch. Wie konnte es nur solche kauzigen Referate geben! Da wollte es der Zufall, dass sich ausgerechnet diese Kollegin neben ihn setzte. Herzberg, der inzwischen neben Englisch auch Spanisch, Portugiesisch und Arabisch beherrschte, sprach sie in ihrer spanischen Muttersprache an:

„Señora colega, em sus cirurgias usted ya ha descobierto alguna vez una retina en el corazón?"

„Frau Kollegin, haben Sie bei ihren OP's schon einmal eine Netzhaut im Herz entdeckt?"

„Oh! Usted habla español! Que bueno! No, claro que no. Yo no he encontrado aún una retina. Pero en el corazón existe outor nivel de percepción, de lo cual la cirurgia puramente técnica notiene la menor idea."

„Oh, Sie sprechen Spanisch! Wie schön! Nein, natürlich nicht. Ich habe keine Netzhaut entdeckt. Aber es gibt im Herz andere Ebenen der Wahrnehmung, von denen die rein technische Chirurgie keine Ahnung hat."

Dann hielt sie ihm einen kleinen Vortrag über die verschiedenen Wahrnehmungsebenen der Welt. „Es gibt nicht nur das Sichtbare, Fühlbare, Denkbare." Und mit einem schelmischen Lächeln fügte sie zum Abschluss einen Satz hinzu, den er nie vergessen konnte. Sie sagte:

„Usted todavia tiene que aprender mucho sobre la verdadera vida!"

"Sie müssen über das wirkliche Leben noch viel lernen."

Er hatte dazu geschwiegen, nur die Stirn gerunzelt und überlegt, ob er dieser unverschämten Belehrung widersprechen sollte. Aber er ließ es, bestellte sich stattdessen einen zweiten Whisky, während seine Kollegin es vorzog, sich einen zweiten Tequila zu genehmigen.

Von der Konferenz her wusste er ihren Namen. Der stand wie bei allen anderen Teilnehmern auf einem in Brusthöhe gehefteten Namensschildchen. Mit Vornamen hieß sie Valeria. Sie mochte wie er Anfang fünfzig sein. Er fragte selbstverständlich nicht nach dem Alter, schätzte es nur. Sie hatte ein ausgesprochen hübsches, an die Inkas erinnerndes Gesicht mit schmalen Katzenaugen und reizvoll vorspringenden Wangen. Gemäß des napoleonischen Satzes „Eine schöne Frau gefällt den Augen!" interessierte er sich für sie. Ob auch der zweite Teil der napoleonischen Aussage zutraf „Eine gute Frau gefällt dem Herzen", war im Moment, beim zweiten Glas Whisky, weniger von Belang. So kam es, dass er im weiteren Verlauf des Gesprächs ihrem Vorschlag zustimmte, sich auf die Terrasse des Hotels zu begeben und wenigstens einmal im Leben einen Zug aus einer Marihuana-Zigarette zu nehmen. Er würde dann sehen, dass es auch ganz andere Ebenen der Wahrnehmung gab. Nach dem zweiten Zug aus der Zigarette wurde ihm, woran auch noch der Whisky schuld war, schwindelig. Immerhin aber hatte er noch genügend Kraft, Valeria anzuheben, auf einen Tisch zu setzen und ihr den Slip unter dem Abendkleid herunterzuziehen. Er fand es himmlisch, im Angesicht der beleuchteten Münchener Liebfrauenkirche hemmungslos zu vögeln. Am nächsten Morgen traf er sie beim Frühstück wieder, freute sich über eine Einladung nach Lima, fand indes nie den Weg dorthin.

6

Eine dramatische Wende in Herzbergs Leben kam, als er gerade 62 geworden war. Sein Vater hatte da schon seit zehn Jahren das Zeitliche gesegnet, war im Vorführraum des Kinos einem Infarkt erlegen. Sinnigerweise während eines Films mit Michael Douglas: ‚Eine verhängnisvolle Affäre'. Der Mutter dagegen verhalf die Musik zu einem längeren, irdischen Genuss. Sie war 88, noch rüstig, vital und klar im Kopf, wohnte in einer Kölner Seniorenresidenz. Für die Kosten kam der Sohn auf, was der aber bei seinem Kontostand nicht bemerkte. Es war so, als würde man eine Tasse Kaffee aus der Portokasse bezahlen.

Ab und zu besuchte Niko sie. So auch an einem Sonntag Anfang Februar. Als sie bei einem Kaffee am Tisch beisammen saßen und er einen Schluck aus der Tasse nahm, sagte sie:

„Nikolein, deine Hand zittert ja. Was ist los?"

Da erst bemerkte er, dass sich ein leises Zittern in seine Handbewegungen eingeschlichen hatte. Er erschrak, beschwichtigte seine Mutter:

„Ach, ich habe letzte Nacht wenig geschlafen. Das muss daher kommen."

Seine Besorgnis konnte er indes nicht ablegen, beobachtete sich selbst und nahm wahr, dass dieses leichte Zittern sein stetiger Begleiter war. Er suchte einen Neurologen auf, um dem Tremor auf die Spur zu kommen. Eine Kernspintomographie und eine nuklearmedizinische Untersuchung wurden durchgeführt, und dann erfuhr er die Diagnose: Morbus Parkinson im Frühstadium.

„Nicht so schlimm!" beschwichtigte ihn der Neurologe. „Der Botenstoff Dopamin fehlt bei Ihnen. Das bekommen wir mit einem Medikament in den Griff. Sie werden regelmäßig L-Dopa einnehmen. Damit Sie kognitiv fit bleiben, empfehle ich Ihnen, falls Sie es noch nicht können, das Schachspiel. Dieses Zittern der Hand wird allerdings bleiben. Falls Sie sich dem Schach zuwenden, spielen Sie bitte mit großen Figuren. Mikado als Spiel scheidet aus. Was machen Sie beruflich?"

„Ich bin Herzchirurg", antwortete Niko fast tonlos.

„Das ist vorbei. Das müssen Sie aufgeben. Sie dürfen nicht mehr operieren."

Die Diagnose war niederschmetternd, traf ihn ins Mark. Was nun? Wie sollte er sein künftiges Leben gestalten? Er blickte wie in eine endlose Wüste. Da war nichts. Die Vorstellung, nur noch Spaziergänge am Rhein zu machen oder sich wie andere Rentner aufs Rad zu setzen und herumzustrampeln, erschreckte ihn. Finanziell hatte er keine Sorgen, war noch nicht einmal auf die Rente oder die Zahlungen bei Erwerbsunfähigkeit ange-wiesen. Er konnte sich teure Hobbys zulegen, zum Weltenbummler werden, Kreuzfahrten unternehmen, einsamen Damen Gesellschaft leisten. Aber all das reizte ihn nicht. Sein Kopf war leer.

7

In der darauf folgenden schlaflosen Nacht dachte er an Valerias Einladung nach Lima. Zeit hatte er jetzt ja genug. Aber er verwarf diesen Gedanken sogleich wieder. Zehn Jahre war das Abenteuer auf der Münchener Hotelterrasse her. Außerdem kannte er sie gar nicht richtig. Es war ja nur eine Nacht, ein einziger Abend gewesen. Vielleicht würde sie ihn mit schamanischen Vorträgen nerven, mit einer seltsamen Anschauung der Welt, wo man im Ungewissen und Unbeweisbaren herumruderte. Außerdem schien es ihm albern, sich auf einmal nach zehn Jahren wieder zu melden. Nach ihrer Abreise aus München hatte es nur zwei Telefonate gegeben, bei denen er der wiederholten Einladung mit zeitlichen Einwänden ausgewichen war. Diese Einwände fielen jetzt weg. Aber er war in einer ziemlich miesen, ungeselligen Stimmung. Es war bitter, wenn man nicht aus freiem Entschluss den Beruf aufgab und sich anderen Dingen zuwandte, sondern von einer Notwendigkeit niedergestreckt wurde. Das Beispiel eines Schweizer

Kollegen fiel ihm ein. Der war vom Herzchirurgen zum Fernfahrer geworden, zum Asphaltfresser, hatte den engen Kreis der Klinik gegen die Kabine in einem 460 PS starken Truck getauscht und war durch Europa gebrettert, um Lastwagenkneipen kennenzulernen und überhaupt das Leben an und auf der Straße. Um ihn daran zu erinnern, was er tat, klebte am seitlichen Fenster der Fahrerkabine ein Spruch von Marlon Brando: „Nur wer seinen eigenen Weg geht, kann von niemandem überholt werden!"

Niko Herzberg entschloss sich, erst einmal Abstand und Ruhe zu gewinnen, nach der Absage aller Termine sich in sein Appartement nach Spanien zurückzuziehen. Es war Ende Februar 2022. Das Wetter in Spanien würde angenehmer sein als in Deutschland. Der Blick von seinem Balkon auf das Mittelmeer würde ihn vielleicht auf andere Gedanken bringen. Vielleicht zeigte sich am Horizont doch noch ein anderes Glück, eine andere Leidenschaft. Mit der Zeit, die ihm jetzt endlos zur Verfügung stand, könnte er dann irgendwie fertig werden. Tennis zum Beispiel wäre jetzt endlich wieder aufzunehmen, ein paar Stunden bei einem

Trainer, um wieder zurück zu alter Spielstärke zu finden. Das Zittern der Hand wäre für den Schwung des Schlägers unerheblich. Das würde man nur beim Heben einer Kaffeetasse oder bei der Führung des Skalpells bemerken. Tennisplätze gab es dort, wo er wohnte, genug. Allein auf dem Gelände seines Wohnblocks waren es vier. Er würde andere Spieler kennenlernen und über die Bekanntschaft hinaus könnten sich sogar Freundschaften entwickeln. Um Menschen zu begegnen war der Tennisschläger genauso gut wie ein Hund, mit dem man spazieren ging und sich mit anderen Hundeliebhabern austauschte.

Bereits am dritten Tag nach der Diagnose buchte er einen Flug nach Malaga, verabschiedete sich von seiner Mutter, erzählte ihr auch, was vorgefallen war.

„Oh Junge, ich kann dich verstehen", sagte sie. „Wenn mir das passiert wäre und ich hätte die Tasten auf dem Klavier nicht mehr richtig anschlagen können, eine Katastrophe, ja gewiss. Aber sei beruhigt. Das Leben geht irgendwie immer weiter und es finden sich neue Wege."

Das Leben geht irgendwie immer weiter. An diesen Spruch musste er fortwährend nicht ohne Bitterkeit denken. Ging es wirklich immer weiter? Steuerte es nicht final auf den Tod zu? Nur eine schamanische Esoterikerin mochte anders denken und sich vielleicht sogar auf den Tod freuen, der für sie nichts anderes war, als das Tor zu einer neuen, besseren Welt. Ein virtuelles Spiel, das man immer wieder neu beginnen konnte. Die Welt, die Herzberg jetzt vorfand, war aus den Fugen geraten. Nicht nur bei ihm persönlich, sondern auch ringsum. Ein Krieg in Europa, Masken tragende Menschen, denen man die Ängstlichkeit beigebracht hatte und die sich, konditioniert wie der Pawlowsche Hund, manipulieren ließen. Virologen, die sich allzu wichtig nahmen, Klimaschützer, die über den bevorstehenden Untergang des Planeten jammerten, Politiker, die einen zum Narren hielten. Verbreitet war auch eine irrsinnige Regulationswut, die selbst vor dem Krümmungsgrad einer unschuldigen Gurke nicht haltmachte. Herzberg sah sich von einer Pandemie der Dummheit umgeben. Und zu allem Überdruss jetzt das persönliche Schicksal, das Ende einer Karriere als Chirurg.

8

Seine Arbeit war vorbei, Vergangenheit, Geschichte. Eine ähnliche Berühmtheit wie Christiaan Barnard, der 1967 den ersten Herzaustausch gewagt hatte, war er zwar nicht gewesen, hatte anders als Barnard keine heiße Affäre mit Gina Lollobrigida gehabt oder sonst einem Star aus der Filmszene, war nicht als Jetsetter herumgeturnt und publicitysüchtig in der Klatschpresse erschienen, konnte sich als Herzchirurg aber auch zu den Berühmtheiten auf diesem Gebiet zählen. Jetzt aber fühlte er sich in die Bedeutungslosigkeit hinabgesunken. Was zählte das nun alles? Er schätzte, überschlug die Anzahl der Eingriffe, die er vorgenommen hatte. Etwa 10 000 Eingriffe am offenen Herzen, darunter zahlreiche Transplantationen, 20 000 Herzkatheter-untersuchungen, 12 000 perkutane koro-nare Interventionen, 5000 Stenteinlagen, 3000 Schrittmacherimplantationen. Wenn er nach einem langen Arbeitstag endlich die Latexhandschuhe abgestreift hatte, war kaum Platz für andere Dinge gewesen, geschweige denn für die feste Beziehung zu einer Frau, die bei sich oder bei ihm auf sein Kommen wartete. Wer so wie er mit Skalpell, Nadel und Faden arbeitete, eine sichere Hand haben musste, Geduld und Ruhe und einen klaren Kopf für die vom Computer und dem Bildschirm unterstützten Operationen, konnte nicht den Termindruck für eine Verabredung gebrauchen. Dort, wo er als Belegarzt oder wie man auch sagte als ‚fester Freier' unter Vertrag stand, in einem privaten Siegburger Herzzentrum, hatte man ihn mit einem Festakt verabschieden wollen. Er aber hatte das in einer Phase der Depression abgesagt und war stattdessen von Frankfurt aus mit Lufthansa nach Malaga geflogen. Von Malaga aus ging es weiter zu seinem Appartement in Torrox, das etwa 50 Kilometer von Malaga entfernt lag. Hier waren in Strandnähe mit Blick auf das Mittelmeer Wohnblocks, die nicht nur nummeriert, sondern auch nach Heiligen benannt waren. Santa Rosa, Santiago, Santa Teresa. Er selbst wohnte im Edificio Nr. 9, San Sebastian, im sechsten Stock, Appartement E 14. Die

Wohnblocks gehörten zu der Ferienanlage ‚Laguna Beach'. Wie der heilige Sankt Sebastian fühlte sich zunächst auch Herzberg. Vom Schicksal verraten, mit Pfeil und Bogen hingerichtet. Jetzt war der Heilige Sebastian der Schutzpatron gegen Seuchen, insbesondere auch gegen Corona. Herzberg hoffte, dass die Zeit ihn von der Seuche der Langweile und Bedeutungslosigkeit befreien würde. Es galt, die Phase der Niedergeschlagenheit einfach durchzustehen und abzuwarten, was kommen würde. Selbstverständlich auch bei eigener Initiative. Hätte ihn das Schicksal nicht aus dem Beruf gekegelt, hätte er vielleicht auch aus freiem Entschluss aufgehört. Denn gesetzlich war für ihn eine Coronaimpfung vorgeschrieben. Die aber hätte er abgelehnt. Der Impfstoff war mit heißer Nadel gestrickt, Beobachtungen über Langzeitfolgen fehlten. Er hielt es überhaupt für eine Schande in das menschliche Immunsystem einzugreifen. Das war von Natur aus eigentlich stark genug. Eine zunehmend um sich greifende aseptische Lebensweise schien es ruiniert zu haben. Warum denn hatten immer mehr Menschen Allergien? Weil den Abwehrsubstanzen bei der

34

gepriesenen allgemeinen Keimfreiheit der Widerstand fehlte, an dem sie sich entfalten konnten. Der ganze Zirkus um Corona hatte ihn angewidert. Die Masken, Impf- und Testorgien, die Desinfektion der Hände beim Einkauf im Supermarkt oder sonstwo. Wegen der für ihn verordneten Impfung wäre es wahrscheinlich zum Ende seiner Arbeit gekommen. Vielleicht hätten ihn noch die Araber eingeladen und auf deutsche Vorschriften gepfiffen. Nun aber hatte das Schicksal entschieden.

9

Das Wetter im März und April 2022 war alles andere als gewohnt spanisch. Das Thermometer stieg selten über 18 Grad, es regnete viel und an einigen Tagen war der Himmel gelbbraun. Dann zogen Sandstürme aus Afrika heran, von der Sahara, bedeckten alles mit feinem, braunem Staub, der sich durch den nachfolgenden Regen in einen unan-sehnlichen Matsch verwandelte. Das hinderte Herzberg aber nicht daran, sich eine regelmäßige Tagesstruktur zuzulegen. Gegen elf am Vormittag wanderte er die

Strandpromenade entlang zur ‚Safaribar‘, wo er einen ersten Kaffee trank, ‚Café Americano‘. Am Nachmittag erschien er dort wieder, bestellte sich ein Estrella-Bier. Der antialkoholische Kurs war vorbei. Was machte es jetzt schon, wenn er tagsüber ein oder zwei Bier trank und am Abend eine Flasche ‚Rioja‘. Das war jetzt ziemlich egal. Den Wein trank er zu Hause, hatte keine Lust, eine der deutschen Kneipen aufzusuchen, den ‚Zapfenstreich‘ oder ‚Beas Postamt‘ und sich den geflohenen deutschen Rentnern, die es zahlreich in Torrox gab, dazuzugesellen.

Zu der Flasche Wein sah er sich Filme an, hatte ‚Netflix‘ und ‚amazon-video‘ installiert, verfügte neben dem spanischen auch über das deutsche Fernseh- programm. Bei den Filmen fühlte er sich an die Kinder- und Jugendzeit erinnert, wenn er, als der Vater noch Vorführer war, in der ‚Lupe‘ saß und sich die Welt auf der Leinwand ansah. Er beobachtete täglich auch das Zittern der Hände, das Gott sei Dank nicht zugenommen, sondern sich zu einem leichten Tremor stabilisiert hatte. Es war ihm auch gelungen, einen jungen, spanischen Tennistrainer zu finden, mit dem er zweimal in der Woche übte. Pedro, ein flinker, routinierter Spieler, versuchte anfangs Nikos Schlägerhaltung und die Stellung zum Ball zu verändern, aber Herzberg winkte ab:

„Un burro viejo no aprende más. Yo quiero solamente jugar." – „Ein alter Esel lernt nichts mehr. Ich will nur spielen."

Abends, wenn es trotz aller virtuellen Unterhaltung einsam war, dachte er manchmal an Valeria, dachte auch an ihre unsinnige Behauptung, das Herz verfüge über eine eigene Wahrnehmung. Dabei musste er immer lächeln und den Kopf schütteln. Er hatte diesen faustgroßen Muskel, der eben nur ein Muskel war, oft genug gesehen und während des Studiums in der Anatomie seziert. Da gab es keine Zellen für irgendeine eigene, unabhängige Wahrnehmung. Da gab es nur Nerven, die auf die vom Gehirn zugeleiteten Sinneswahrnehmungen rea- gierten. Da gab es z.B. in den Segmenten Th 1-4 den Symphaticus und den Parasymphatikus, die antagonistisch funktionierten. Und da gab es andere Nervenfasern, die das Herz reagieren ließen. Die elektrische Erregungsbildung geschah über den Sinus- und AV-Knoten. Alles andere war nach Herzbergs

Überzeugung esoterischer Unsinn. Wenn er vor der OP einem Patienten den Eingriff an einem Modell erläuterte, war nie von irgendwelchen autonomen Wahrnehmungszellen die Rede gewesen. Valeria hatte Herzbergs Vorstellung vom Herzen als mechanistisch bezeichnet. Ihrem Wissen nach kommuniziere das Herz nicht nur mit dem Gehirn, sondern sei darüber hinaus eben auch eine eigene Instanz. Für Herzberg aber gab es kein ‚Herzgehirn‘ in dem irgendwelche Neuronen herumspukten.

10

Nach ein paar Wochen hatte er sich an den ruhigen Müßiggang gewöhnt, vermisste weder Flugzeuge oder Helikopter noch den Operationssaal. Zu den täglichen, kleinen Abenteuern gehörte auch das Stöbern in einem der Secondhand-Läden, wo abgereiste Touristen Bücher hinterlassen hatten. Von hier nahm er sich für ein paar Euros Lektüre mit, las, was ihm der Zufall in die Hände gab. So kam er gelegentlich auch zu Abhandlungen der Philosophie, was er früher verschmäht hatte. Er las einige Werke über ‚Schicksal und Fügung‘, blieb aber bei seiner Überzeugung, dass es nur den blinden Zufall gab. Eine Hand Gottes, die lenkte, hielt er für baren Unsinn. Ebenso die Vorstellung von einem universellen Buch, in dem alles, was geschah oder noch geschehen sollte, verzeichnet war. Akasha-Chronik nannte sich das. Wie konnte man nur auf eine so blödsinnige Idee kommen! Was in der Herzchirurgie seit der ersten Verpflanzung an Entwicklungen gelungen war, war ‚Wunder‘ genug und technisch erklärbar. Da bedurfte es keiner esoterischen Ausflüge.

Einmal fiel ihm in dem Laden auch ein Taschenbuch in die Hände, das seine Neugierde weckte. Es hatte ein barock wirkendes Gemälde vorne auf dem Cover. Ein junger Mann lehnte sich an eine ganz in Rot gekleidete Frau und küsste sie hingebungsvoll. Das Buch trug den Titel ‚Göttliche Komödie‘ und war von einem Dichter, der den Namen Dante hatte. Er kannte ihn nicht, nahm das Buch aber für einen Euro mit. Zu Hause begann er zu lesen. Das Werk war unterteilt in ‚Hölle‘,

‚Fegefeuer' und ‚Paradies'. Ihm gefiel die in Gesängen daherstelzende Sprache nicht.

„Zur Fahrt in bessre Fluten aufgezogen, hat seine Segel meines Geistes Kahn und lässt nun hinter sich so grimme Wogen, zum Paradies geht seine Bahn."

Auch verstand er die meisten Allegorien, Metaphern und Anspielungen nicht. Er las nicht mehr Wort für Wort, blätterte rasch durch, stieß auf einzelne Wendungen: „Doch hat ein Himmelsweib dich hergezogen…" Was beim Überfliegen der Seiten nicht zu übersehen war: Es gab da eine Frau, die der italienische Dichter innig liebte und verehrte. Ihr Name tauchte immer wieder im dritten Teil, der sich ‚Paradies' nannte, auf. Sie hieß Beatrice.

Wenn es doch auch bei ihm nur einmal so ‚Klick' machte und die Tage und Abende nicht ganz so einsam verliefen. Aber dieses Schicksal oder diese Fügung hatte es nicht gegeben. Zwar hatte er bei den Spaziergängen auf der Strandpromenade genügend Frauen alleine gehen oder irgendwo sitzen gesehen, aber sein Herz hatte nicht mit einem schnelleren Schlag reagiert. Der Mühe des

Kennenlernens hatte er sich unter diesen Umständen nicht unterziehen wollen.

Jetzt, wo er viel Zeit hatte, fehlte eine Frau, Freundin, Partnerin für einen Wendepunkt. Aber wo war sie? Wo war die Frau, die einen nicht mit spitzer Zunge auf den Kriegspfad führte? Sollte er Südseeträumen folgen, auf einen Mythos, hereinfallen, auf die Legende der Matrosen der Bounty? Wenn man auf Tahiti ankam, wurde man gewiss nicht mit Blumenkränzen empfangen und hatte sogleich ein Weib in der Hütte.

Als Liebhaber einer gewissen Ordnung und Pünktlichkeit saß er immer noch, wenn es das Wetter erlaubte, zur selben Uhrzeit draußen vor dem ‚Safari'. Vormittags um elf, nachmittags um Vier. Oft genug sah er dieselben Personen auf der Strandpromenade vorbeigehen. Meistens ältere Paare, manchmal auch Frauen alleine, die als Ersatz für einen Mann einen Hund mit sich führten. Er saß dann da, vormittags bei einem ‚Americano', nachmittags bei einem Bier, einem ‚Estrella', sah den Vorbeigehenden zu. Draußen auf dem Mittelmeer zeigte sich gelegentlich am fernen Horizont ein Containerschiff, das sich langsam, als sei es eine vorbeigleitende Insel, fortbewegte. Sonst passierte eigentlich nichts. Die aus Afrika stammenden Händler, die Uhren, Brillen, Armbänder und Halsketten anboten und mit allen möglichen Souvenirs die Tische abklapperten, kannten ihn, sprachen ihn schon gar nicht mehr an, wussten, dass er stets abwinkte und sagte:

„No, gracias. Yo no nesecito nada." – „Nein, Danke. Ich brauche nichts."

So verlief der gesamte März und auch die Hälfte des Aprils im Wesentlichen ereignislos. Nur das Wetter besserte sich. Die Sonne schien von einem strahlend blauen Himmel. Die Temperatur stieg auf über 20 Grad.

11

An einem sonnigen, warmen Tag Ende April, am Nachmittag, saß er wie immer vor dem ‚Safari', hatte ein ‚Estrella' vor sich, beobachtete die auf der Promenade entlang gehenden Menschen, überlegte, welches Schicksal besser wäre. Einzeln oder paarweise? Die Natur hatte dieses ‚zu Zweit' so eingerichtet. Aber was, wenn es im Laufe der Zeit zu einer Gewohnheit, zu Langeweile und einem privaten Gefängnis wurde? War es da nicht besser, den eigenen Launen und Bedürfnissen folgen zu können als der romantischen und fixen Idee von der großen Liebe? Manche der neben ihrer Frau vorüberziehenden Männer wirkten auf ihn wie Hunde an der Leine und mochten insgeheim den Wunsch haben, dass die Partnerin beim Baden auf das offene Meer hinausgetrieben wurde und nie mehr wiederkam. Aber waren das nicht böse Gedanken eines Chirurgen, der von seinem Schicksal enttäuscht war? Eines Mannes, der es nie verstanden hatte, eine Bindung einzugehen und der sich jetzt mit sich selbst auseinandersetzen musste. Zeit genug hatte er und konnte sich selbst nicht aus dem Weg gehen. Das war mühsamer, als Tag für Tag im OP zu stehen und am Herzen anderer herumzuoperieren.

Gelegentlich kam auch eine Frau alleine vorbei. Herzberg sah ihr gelangweilt nach. Aber da, es war gegen Vier am Nachmittag, sah er aus südlicher Richtung, von den Wohnblocks der ‚Laguna Beach‘ her, etwas auf das ‚Safari‘ zukommen, das seine Aufmerksamkeit erregte. Die Frau trug einen schwarzen Hut, unter dem die schulterlangen blonden Haare vom Wind, der vom Meer herkam, leicht bewegt wurden. Als sie an seinem Tisch, ein paar Meter nur entfernt, vorbeiging, erfreute er sich nicht nur an ihrer Figur und dem wiegenden Gang auf weißen Sandaletten, sondern stellte auch bewundernd fest, anders konnte er es nicht ausdrücken, dass ein ausgesprochen feminines Exemplar an ihm vorbeizog. Sie trug ein langes, marineblaues, halbärmliges Sommerkleid mit einem dezenten, floralen Muster, es war auf Taille geschnitten. Ein groß-zügiger V-Ausschnitt ließ wohlgeformte Brüste erahnen. Die meisten Frauen kannte er nur in Hosen, so als hätten sie sich zu beweisen, dass es mit der Domäne der Männer vorbei sei. Die Frau, die da an seinem Tisch vorbeiging, hatte ein hübsches, stolz wirkendes Gesicht, dessen Ausdruck zeigte, dass sie sich ihrer Wirkung bewusst war. Die Augen waren hinter einer Sonnenbrille, die lässig etwas auf die Nase gerutscht war, verborgen. Die leicht gebräunte Haut verriet keine Nationalität. Sie konnte Spanierin sein, Südamerikanerin, Portugiesin. Oder auch Deutsche. Ihr Alter schätzte er auf etwa fünfzig Jahre. Es konnten aber auch zehn weniger sein. Das war nicht auszumachen.

Erstaunt stellte er fest, dass ihm das Herz, als er sie auf sich zukommen sah und als sie an seinem Tisch vorbeiging, in einem etwas schnelleren Takt schlug. Für ihn war das klar. Die Augen hatten etwas Schönes gesehen. Er freute sich. Die Meldung ging an das Herz. Das reagierte. Mit solch einem Exemplar von Frau die Promenade entlang zu wandern, musste schön sein und auch all die anderen Dinge, die man anstellen konnte, mussten himmlisch sein. „Idiot!" schlug er sich solche Gedanken aus dem Kopf. „Die hast du einmal gesehen und nie wieder!"

12

In der Nacht suchten ihn erotische Träume heim. Von einer Heimsuchung lässt sich allerdings weniger sprechen. Vielmehr war es ein durchaus angenehmes Gefühl, als sich beim Hineingleiten in den neuen Morgen eine blasse, verschwommene Erinnerung einstellte, die den ganzen Tag über hielt und überraschender Weise aufgefrischt wurde, als die Dame am Nachmittag ungefähr zur gleichen Zeit wieder in einem dieses Mal sonnengelben, langen Kleid vorbeiging. Wieder erfreute sich sein Auge und das Herz schlug schneller. Wie sie den schwarzen Hut doch lässig auf die blonden Haare gesetzt hatte! Unter dem luftigen, etwas durchsichtigem Kleid konnte sein Blick im Nachschauen die Umrisse des Slips erahnen. Er dachte an München, an Valeria, die Ekstase auf der Terrasse. Und mit Wehmut gab er sich dem Gedanken hin: „Vorbei! Vorbei! Nur das Auge bleibt jung!" Bei dieser Frau, die jetzt zum zweiten Mal an seinem Tisch vorbeiging, würde er keine Chancen haben. Er hatte nichts, womit er renommieren konnte, keinen flotten Sportwagen, keine Yacht à la Onassis, kein eigenes Flugzeug, keine bezaubernde Villa am Meer. Dass nahezu nutzlos Geld auf seinem Konto lag, konnte er nicht vor sich hertragen. Und auch seine Kleidung war eher gewöhnlich, glich der der geflohenen Rentner, die in Scharen an ihm vorbeizogen. Er war untergetaucht in einer Schar der Namenlosen. Ein Schild mit der Aufschrift „ehemaliger, berühmter Herzchirurg" konnte er sich nicht um den Hals hängen. Nein, er würde keine Chance haben, verwunderte sich allerdings, dass solch ein attraktives weibliches Wesen unbegleitet herumlief. Als er nach einigen Tagen feststellte, dass sie zu einer gewissen Regelmäßigkeit neigte, sie kam nämlich immer zwischen vier und halb fünf an ihm vorbei, überlegte er, wie es anzustellen wäre, sie näher kennenzulernen. Ob sie auf ihn aufmerksam werden könnte? Gelegentlich war ihr Blick beim Vorbeigehen zum ‚Safari' gewandert, auch zu ihm. Sie hatte dann ihren Schritt beschleunigt, sich aber nie an einen der Tische gesetzt.

Herzberg beschloss, sich anders zu kleiden. Nicht in diesem 0815 Rentnerstil. Aber wie denn? Elegant, lässig, bunt, exotisch. Er hatte keine Idee, fuhr aber mit dem Bus nach Málaga, suchte mehrere Boutiquen auf, entschied sich schließlich für weit sitzende weiße Hemden aus einer der Haut angenehm schmeichelnden Seide. Dazu trendige, lange Sommerhosen in Beige und Dunkelblau. An die Füße kamen sportliche Sneakers, auf den Kopf ein heller Panamahut. Von netten spanischen Verkäuferinnen ließ er sich beraten, um nicht die Balance zwischen

Altersgemäßheit und italienischem Gigolo zu verfehlen.

So saß er an den danach kommenden Tagen vor dem ‚Safari' und richtig, die Dame kam in gewohnter Regelmäßigkeit an seinem Tisch vorbei, sah kurz zu ihm herüber, beschleunigte ihren Schritt. Er wunderte sich, dass sein Herz jedes Mal schneller schlug. Von den erfreuten Augen rein in die Gedankenwelt, in Wünsche, Vorstellungen und dann ab vom Gehirn ins Herz, das den Impuls aufnahm und ein paar Takte zulegte. Gut, dass es keine eigenständige Instanz der Wahrnehmung ist und spontan reagiert, dachte er. Wer weiß, was ihm da bei dieser attraktiven Frau passieren würde bis zum Infarkt hin. So konnte der Kopf aber erst einmal sortieren und allzu wilde Vorstellungen abbremsen, relativieren, auf die Realität herunterschalten. Er würde sie nie kennenlernen können und sie sich nie mit ihm abgeben. Aber wie wäre es, schoss es ihm plötzlich durch den Kopf, wenn ich diese regelmäßige Begegnung zu einem wissenschaftlichen Experiment nutze, das die esoterische Auffassung meiner lieben Peruanerin schlagend widerlegt. Besitzt das Herz tatsächlich eine eigenständige

Wahrnehmung, irgendwelche empfind-liche Neuronen, die dort herumspuken, dann müsste es doch auch reagieren, wenn ich blind wäre und gar nicht sehen könnte, dass sie vorbeigeht. Ich könnte zwischen vier und halb fünf mit geschlossenen Augen vor dem ‚Safari' sitzen. Aber das sieht albern aus. Ich werde es anders machen.

13

Nein, nicht die Augen schließen, den Blinden spielen! Als er am nächsten Vormittag, nach dem Einkauf in Málaga, vor dem ‚Safari' saß, winkte er dem Afrikaner, der ihn mit seinen Souvenirs schon lange unbehelligt ließ, zu sich an den Tisch und kaufte eine spiegelnde, besonders dunkle Sonnenbrille. An-schließend ging er in einen Tabak- und Papierladen, fand dort einen Karton von schwarzer Pappe, nahm auch eine Tube Klebstoff mit. Aus dem Karton schnitt er okulargerecht zwei schwarze Scheiben, klebte sie von innen auf das Glas der Brille, setzte sie probeweise auf. Er sah nichts. Nur von den schmalen offenen Seiten her fiel Licht ein. Er würde die Frau also nicht sehen können, wenn sie an ihm vorbeiging. Und die Brille mit ihren Spiegelreflexen hatte auch den Vorteil, dass er ganz normal, ohne aufzufallen, am Tisch sitzen konnte. Am Nachmittag suchte er zur gewohnten Zeit das ‚Safari‘ auf, setzte sich draußen hin, bekam, ohne dass er es bestellen musste, sein ‚Estrella‘. Man kannte ihn schon. Er merkte sich, wo genau das Glas mit dem Bier stand, schob sich ein paar Minuten vor Vier die Brille vor die Augen, wartete ab, rechnete damit, dass er sie spätestens um halb Fünf wieder abnehmen würde. Da war sie gewiss schon vorbeigegangen, ohne dass er es bemerkt hätte. Blickte er nach unten, an den Rändern der Brille vorbei, konnte er auf seiner Armbanduhr die Zeit erkennen.

Es war Viertel nach Vier, als sein Herz auf einmal ein paar Takte schneller schlug. Er nahm die Brille ab und sah, dass die Frau genau in diesem Moment an seinem Tisch vorbeiging. Verblüfft schaute er ihr nach, kam zu der Überzeugung, dass es zufällig geschehen war. Es konnte nur ein Zufall sein. Es musste irgendeinen anderen Grund geben dafür, dass sein Herz genau in diesem Moment auf einmal rascher unterwegs war. Irgendeine körperliche Störung? Eine Dissonanz zwischen Sympathikus und Parasympathikus? Eine kurzfristige Entgleisung seines vegetativen Systems? So eine Dystonie konnte wie aus heiterem Himmel kommen. Oder war es ein plötzlicher Schub seiner Krankheit, die sich mit einer Ankündigung meldete? Dass das Herz über eine unabhängige, eigenständige Wahrnehmung verfügte, war doch barer Unsinn. Da gab es keine Neuronen, die in diesem Muskel herumgeisterten. Sicher, das musste er zugestehen, gab es noch manche ungelöste Rätsel in der Herzchirurgie. Zum Beispiel, dass bei den Herzoperationen statistisch nur ein Drittel auf Frauen entfiel, zwei Drittel aber auf Männer, die für Defekte anfälliger zu sein schienen. Dagegen lag bei Eingriffen die Mortalitätsrate bei Frauen erheblich höher als bei Männern, so als sei ihr Herz empfindlicher gegenüber einer Operation und neige zu einer tödlichen Traumatisierung. Psychologisch und soziologisch war dieser Widerspruch nicht zu erklären. Einerseits weniger empfindlich gegenüber Defekten, andererseits anfälliger bei einem Eingriff. Als ob es ein typisch weibliches und ein typisch männliches Herz geben würde. So etwas musste Unsinn sein. Er würde am nächsten Tag sein Experiment wiederholen und feststellen, dass diese erste Begebenheit nichts als reiner Zufall war.

14

Am nächsten Tag saß er wieder um Vier vor dem ‚Safari‘, hatte die Sonnenbrille aufgesetzt. Jetzt würde es sich beweisen, dass das Erlebnis von Gestern reiner Zufall war. Valerias absurde Neuronentheorie würde widerlegt werden. Was aber, wenn nichts passierte, wenn diese attraktive Frau an diesem Tag ausnahmsweise nicht auf der Promenade spazierenging und an ihm vorbeikam? Oder wenn sie, weil es sich wahrscheinlich um eine Touristin handelte, schon wieder abgereist war. Er würde das ja wegen seiner ‚Blindheit‘ nicht mitbekommen. Er überlegte, ob er den Kellner des Safari in sein Experiment einweihen sollte, verwarf den Gedanken aber sofort wieder. Wie sollte er dem Spanier sein Experiment erklären? Der würde ihn schlicht für verrückt halten. Er könnte eine Ausrede benutzen, angeben, er sei stark kurzsichtig, hätte seine Brille verloren. Oder aber er hätte eine Augenkrankheit, eine Allergie, vertrage das grelle Licht des Sonnentages nicht und müsse die Augen extrem abdunkeln, so dass er nicht mehr erkennen könne, was sich ein paar Meter vor ihm abspielt. Der junge Mann, der ihn immer bediente, solle ihm doch bitte Bescheid geben, wenn diese Frau vorbeigegangen war. Aber wie sollte er sie beschreiben? Er hatte es versäumt, mit seinem Handy unauffällig ein Foto von ihr zu machen. Sollte er angeben: „Bitte sagen Sie mir, ob eine schöne, sehr attraktive Frau von etwa fünfzig Jahren vorbeigekommen ist. Sie darf aber nicht wissen, dass ich hier bin. Bitte sprechen Sie sie nicht an. Einfach vorbeigehen lassen und es mir dann sagen." Wie seltsam, wie komisch! Sollte er erklären: „Es handelt sich um meine Ehefrau. Sie ist zu einem heimlichen Rendezvous unterwegs. Sie betrügt mich. Ich will das wissen. Bitte spielen Sie für mich den Detektiv." Seine Eifersucht würde der Spanier gewiss verstehen und ihm helfen wollen. Aber auch das verwarf er. Er würde es einfach darauf ankommen lassen. Entweder sie kam oder sie kam nicht. Entweder er bemerkte etwas oder er bemerkte nichts. Die Neuronentheorie musste blanker Unsinn sein. In München, an der Bartheke, hatte er gegenüber Valeria eingewandt:

„Das Herz sitzt im abgeschlossenen, dunklen Brustkorb. Wie soll es selbst etwas sehen können?"

„Ich habe nicht vom Sehen gesprochen", hatte Valeria geantwortet, „sondern vom Wahrnehmen. Sehen Sie etwa die Bilder, die der Fernsehapparat empfängt? Sie sind aber da, zeigen sich nur durch Antennen und besondere Sensoren im Gerät. Wir sind umgeben von einer Bilderflut, die unser Auge nicht sieht. Es gibt nicht nur das Licht, das auf die Netzhaut trifft, sondern eben noch ganz andere Signale verschiedener Wahrnehmungsebenen. Es gibt diesen Magnetismus des Herzens. Es ist ein Magnetfeld, unsichtbar für das Auge. Oder haben Sie ein Magnetfeld schon einmal gesehen? Nein. Dass es solch ein Feld gibt, stellen Sie nur an der Wirkung fest. Durch ein Experiment. Indem Sie etwa einen Magnet über Eisenspäne halten."

„Aber so etwas im Herz?" Er hatte den Kopf geschüttelt. „Warum habe ich diese magnetischen Nervenzellen noch nie entdeckt, auch in der Anatomie unter dem Mikroskop nicht?" Die Frage hatte er sich sogleich selbst beantwortet. „Weil es sie nicht gibt. Das ist ein Hirngespinst. Egal wie klein diese Zellen oder Neuronen sind, unter dem Elektronenmikroskop hätten sie sichtbar werden müssen. Es hat sie aber noch niemand gesehen. Ihr Beitrag auf dem Kongress war interessant, widerspricht jedoch jeder wissenschaftlichen Einsicht. Das ist nichts als esoterisches Geschwafel."

Wenn die peruanische Chirurgin wüsste, dass er hier jetzt mit einer abgedichteten Sonnenbrille saß, um die Neuronentheorie zu widerlegen, würde sie das als kleinen Triumph werten. „Aha, der Professor Herzberg zieht immerhin die Möglichkeit in Betracht, dass es stimmen könnte. Sonst würde er nicht mit dieser Sonnenbrille dort sitzen."

15

Ab und zu lugte er unter dem unteren Rand der Brille auf seine Armbanduhr. Es wurde Fünf nach Vier, Zehn nach, Viertel nach, Zwanzig nach. Er wollte sich schon sagen: „Reiner Zufall also. Das Herz hat gestern auf etwas ganz anderes reagiert. Irgendeine Unstimmigkeit im Körper, eine Entgleisung im Zusammenspiel von Sympathikus und Parasympathikus. Das konnte gelegentlich passieren. War der Körper nicht eine Wundertüte?"

Da aber, es war Fünf vor Halb, begann sein Herz auf einmal wieder schneller zu schlagen. Er spürte, wie es pochte. Rasch nahm er die Brille ab, sah zur Promenade hin. Tatsächlich. Da ging sie, war ein paar Meter schon an seinem Tisch vorbeigegangen Richtung Leuchtturm. Heute, es war ein Freitag, trug sie ein türkisfarbenes, langes Kleid. Er erkannte sie an ihren Haaren, die unter dem schwarzen Hut auf die Schultern fielen, an ihrem unverwechselbaren, wiegenden Gang, an ihrer Figur. Blitzschnell wurde ihm klar, dass er sich nicht nur in einem wissenschaftlichen, sondern auch in einem persönlichen Konflikt befand. Was hatte es zu bedeuten, dass er so auf sie reagierte? Das hatte es bisher in seinem Leben noch nie gegeben. Und wäre so etwas schon einmal vorgefallen, hätte er es auf die Augen zurückgeführt, auf die darauf folgende Reaktion des Herzens. Aber niemals auf die Fähigkeit zu einer eigenständigen Wahrnehmung dieses Muskels. Er musste diese Frau kennenlernen, herausfinden, was ihn so reagieren ließ. Aber unter welchem Vorwand? Ihr erzählen, welches Experiment er unternommen hatte? Sie würde ihn für einen Spinner halten. So ging das auf keinen Fall. Morgen, wenn er sie auf das ‚Safari' zukommen sah, würde er vom Tisch aufstehen, auf sie zugehen, sie ansprechen. Vielleicht.

Was die wissenschaftliche Seite des Phänomens betraf, könnte er einen Artikel für eine der medizinischen Fachzeitschriften schreiben, wie er das früher so oft getan hatte. Aber würde die Redaktion ihn veröffentlichen? Machte er sich nicht lächerlich, wenn er von seinem Experiment berichtete? Was half das Argument, so wie es Valeria ihm gegenüber geäußert hatte, dass man auch ein Magnetfeld nicht sehen könnte, selbst wenn man den Magneten sezierte, ihn in seine einzelnen Atome zerlegen würde? Was half der Hinweis, dass man Solarstürme, die aus dem Universum auf die Erde trafen, ebenfalls nicht sehen konnte. Aber es war unzweifelhaft, dass sie existierten. Oder: Konnte man

Gedanken sehen? Wer aber wollte leugnen, dass es sie gab? Und es gab eben auch offensichtlich diese Reaktion des Herzens, diese eigenständige Fähigkeit zur Wahrnehmung, einen in diesem Organ verborgenen Sinn. Man würde seinen Artikel belächeln, als esoterisch betrachten, in krassem Widerspruch zu einer wissenschaftlich orientierten Medizin stehend. Also besser, nichts darüber schreiben! Aber er musste diese Frau ansprechen, sie kennenlernen, wenigstens den Versuch wagen. Er kannte nicht ihren Namen, nannte sie bei sich aber Beatrice.

16

Die Idee, einen Artikel über seine Beobachtung zu schreiben, verwarf er. Wie sollte man das beweisen können? Schließlich galt in der Wissenschaft der Grundsatz, dass jedes Experiment an jedem Ort und zu jeder Zeit wiederholbar sein musste. Sollte man Probanden aussuchen, Männer und Frauen, sie mit Elektroden versehen und den Rhythmus ihrer Herzen analysieren? Unter den Bedingungen nüchterner Wissenschaft würde das allein schon an der Atmosphäre scheitern. Das Herz ein synergetischer Muskel? Zwei Herzen konnten sich anziehen, aufeinander reagieren? Wie überhaupt reagierte diese Frau, die ihn so faszinierte? Spürte sie auch etwas, wenn sie am ‚Safari‘, an seinem Tisch vorbeiging? Schlug ihr Herz dann auch schneller? Oder war der Effekt einseitig, lag nur bei ihm vor? Für einen Moment hatte er das Bedürfnis, Valeria anzurufen, ihr von seinem Experiment zu erzählen, sich für seine Schroffheit auf dem Münchener Kongress zu entschuldigen. Sie war die Einzige, mit der er über sein Widerfahrnis reden konnte. Vielleicht könnte sie mit ihrem Wissen Einsichten beisteuern, die ihm den spanischen Vorfall erklärten und verständlich machten. Er hatte sein Smartphone schon in der Hand, hatte ihre Nummer, die er immer noch gespeichert hatte, gesucht und gefunden, ließ es dann aber. Vielleicht würde sie beleidigt reagieren, ihm vorhalten:

„Warum hast du das damals nicht bei uns bemerkt? Mussten erst zehn Jahre vergehen? Warum hast du mir nicht geglaubt, dass das Herz magnetisch ist?“

Es kam gewiss nicht gut an, wenn er einer Frau, die sich für ihn interessiert hatte, erzählte, wie sehr ihm bei einer anderen das Herz schlug.

Er war auf sich allein gestellt, kannte niemanden, mit dem er darüber sprechen konnte, musste selber alles herausfinden. Wie aber sollte er das anstellen? Wie würde diese Frau, die ihn gar nicht kannte, reagieren, wenn er sie ansprach? Befremdet, amüsiert, neugierig, interessiert? Zeigte der Kompass ihres Herzens auch zu ihm? Das war wie bei einem Pokerspiel, wenn man nicht wusste, welche Karten auf der anderen Seite im Spiel waren. Das Experiment, kaum, dass es begonnen hatte, mochte schon bei der ersten Ansprache scheitern. Auf ein Wunder könnte er lange warten. Wenn ihr zum Beispiel durch den Wind, der vom Meer kam, der Hut vom Kopf geweht wurde, in die Nähe seines Tisches flog. Er würde ihn aufheben, zu ihr gehen, mit einem Lächeln überreichen. Das wäre ein guter Anfang, würde aber nie passieren. Da würde er nächstes Jahr noch vor dem ‚Safari' sitzen. Sollte er, wenn sie vorbeiging, aufstehen, zu ihr gehen und sagen: „Darf ich Sie zu einem Kaffee einladen? Sie interessieren mich." War da die Abfuhr nicht vorprogrammiert? Wenn sie doch wenigstens nicht immer vorbeilaufen, sondern sich an einen Nachbartisch setzen würde! Da könnte vielleicht ein Spiel mit Blicken beginnen. Da mochte sich etwas ergeben, das einen ersten Anlass für eine Anrede möglich machte. Nach englischer Manier ein Gespräch über das Wetter anzufangen, war zu banal. Wie das Wetter war, sah sie ja selber. Zu fragen „Haben Sie auch diese Sahara-Stürme erlebt?" war auch kein besonders origineller Beginn. Schade, dass sie keinen Hund mit sich führte. Da hätte er sich einen leihen können, wäre ihr auf der Promenade entgegen gegangen. Die Hunde hätten sich beschnüffelt. Er wäre mit der Frau ins Gespräch gekommen. Ein ungezwungener, natürlicher Beginn. Ach, wäre er doch so begabt wie der Meisterdieb in einem Grimmschen Märchen! Er erinnerte sich noch daran, wie er das zur Kinderzeit gelesen, den Dieb bewundert und sich die gleiche Finger-fertigkeit und den listigen Ideenreichtum gewünscht hatte. Der Dieb hatte alle Proben bestanden, die ihm bei Androhung des Galgens ein tyrannischer Graf auferlegt hatte. Er stahl das Pferd unter den Augen der Leibwache, raubte Betttuch und Ring der Gattin und brachte das Kunststück fertig, den gräflichen Pfarrer mitsamt dem Küster aus der Kirche zu stehlen. Wenn er selbst doch eine solche Fingerfertigkeit nicht nur bei Herz-operationen hätte! Er würde der Dame das Portemonnaie stehlen, es ihr lächelnd wiedergeben. „Entschuldigen Sie bitte, Sie haben da etwas verloren. Finderlohn? Nein! Aber ich hätte nichts dagegen, wenn Sie mich zu einer Tasse Kaffee einladen."

Ihm fehlte leider auch die Unbe-kümmertheit eines italienischen Gigolos, der mit Charme und Zielbewusstsein auf eine Frau zusteuerte. In dieser Hinsicht war er immer schon zurückhaltend, gehemmt, schüchtern gewesen. Auch jetzt, hier in Spanien. München war eine Ausnahme gewesen. Er hatte sich nach zwei Whiskys verführen lassen.

In Torrox, auf einem Nachbarbalkon, in Sichtweite, gerade mal dreißig Meter entfernt, erschien morgens immer eine Rothaarige, die er auf etwa fünfzig schätzte. Sie hatte eine Tasse mit wahrscheinlich Kaffee in der Hand, rauchte eine Zigarette, verschwand dann wieder in der Wohnung. Ab und zu blickte sie zu ihm hinüber. Er hätte dann winken können, rufen: „Hallo, Nachbarin! Guten Morgen!" Ab und zu saß sie alleine auf einer Bank in der Laguna-Anlage, las, sonnte sich. Das konnte er von seinem Balkon aus sehen. Es wäre ein Leichtes gewesen, in den Fahrstuhl zu steigen, in die Anlage zu gehen, an ihrer Bank vorbeizukommen und sie anzusprechen, sich auszutauschen über die Erfahrungen mit dem Leben in Spanien. Schließlich kannte man sich ja schon vom Sehen. Man hätte über die besten Tapas reden können. Es hätten sich Einladungen zum gemeinsamen Ausgehen oder auch zum gemeinsamen Kochen ergeben können. Aber er mit seiner Zurückhaltung hatte nichts unternommen. Jetzt aber lag der Fall ziemlich anders. Verwirrend, rätselhaft, verunsichernd, herausfordernd.

17

Vom Tisch aufstehen, sie ansprechen, wenn sie am ‚Safari' war? Diese Vorstellung war ihm unangenehm. Ihr heimlich folgen, zunächst herausfinden, wohin sie ging, gefiel ihm mehr. Vielleicht ergab sich eine bessere Gelegenheit, mit ihr bekannt zu werden. Kurz nachdem sie am ‚Safari' vorbei war, verließ sie immer die Strandpromenade, ging Richtung höher gelegene Innenstadt. Vielleicht ging sie in einen der Supermärkte, Lidl, Aldi oder Mercadona, stand dort vor einem Weinregal, suchte. Er würde sich eine Flasche ‚Rioja' greifen, sie zeigen, sagen: „Falls Sie Rotweinliebhaberin sind, nehmen Sie den hier! Kann ich empfehlen." Ob sie Spanisch verstand, Deutsch oder Englisch würde er rasch herausfinden. Auf jeden Fall wäre dieses Vorgehen weniger peinlich, weniger befremdlich, zwangloser. Da fiel er nicht sofort mit der Tür ins Haus.

Am nächsten Tag saß er am Nachmittag schon um halb Vier vor dem ‚Safari', hatte sein ‚Estrella' schon bezahlt, um der Schönen, seiner Beatrice, sofort folgen zu können. Um zehn nach Vier kam sie vorbei, wieder in dem marineblauen, langen Kleid, den schwarzen, kessen Hut auf den blonden Haaren. Sein Herz klopfte. Dieses Mal etwas stärker, wahrscheinlich wegen der bevorstehenden Verfolgung. So etwas hatte er noch nie gemacht, hatte das Gefühl, sich auf etwas Ungebührliches einzulassen. Aber wie sollte es anders gehen, wenn nicht so? In einem Abstand von zwanzig Metern folgte er ihr. Kurz hinter dem ‚Safari' bog sie nach links, stieg eine Treppe hoch, kam in die versteckt liegende Gasse ‚Calle Salitre', steuerte hier auf eine Bar zu, die ‚Con Pablo' hieß, ‚Bei Pablo', verschwand darin. Ein, zwei Minuten wartete er, um ihr nicht zu unmittelbar zu folgen. Dann zog auch er die Tür auf, betrat die Bar.

Die Frau, die für seine Unruhe gesorgt hatte, saß alleine an einem Tisch in einem Winkel des Raums. Hinter der Theke stand ein junger Mann an einer Kaffeemaschine, die er gerade bediente. Herzberg setzte sich am Tresen auf einen Barhocker, sah zu, wie die schwarze Brühe aus einer Düse lief. Als die Tasse gefüllt war, stellte der junge Mann, bei dem es sich um Pablo handeln musste, sie mitsamt einem Löffel und einem Strohhalm auf einen Unterteller, brachte alles an den Tisch, lächelte und sagte: „Como siempre" - Wie immer. Die Frau sagte nichts, nickte nur, holte dann eine grüne Dose aus ihrem Rucksack, schraubte den Verschluss auf, schüttete ein weißes Pulver in den Kaffee, rührte mit dem Löffel und zog, den Kopf leicht gebeugt, den ersten Schluck Kaffee mit dem Strohhalm in den Mund. Die Dose mit dem Pulver stand noch auf dem Tisch. Er konnte aus der geringen Entfernung das Etikett erkennen. Eine sonnengelbe Blüte war darauf abgebildet. Darüber stand ‚Topinambur'. ‚Topinambur' kannte er nicht. Noch nie gehört. War das ein Rauschgift, eine Medizin? Auf jeden Fall war es ungewöhnlich, sich ein Pulver in den Kaffee zu schütten und den dann schluckweise mit einem Strohhalm anzusaugen.

Herzberg bestellte sich ein ‚Estrella', überlegte, ob er die Frau jetzt ansprechen sollte, aber wieder fiel ihm nichts Passendes ein. Er versuchte nur, sie unauffällig zu beobachten. Ja, sie war wirklich schön, attraktiv, anziehend. Seltsam, dass er sie immer nur alleine sah. Und jetzt hatte sie sich, die belebten Cafés an der Promenade meidend, in eine abgelegene Bar zurückgezogen. Außer ihm war kein anderer Gast da. Sie anzusprechen würde er auf ein anderes Mal verschieben können. Der junge Mann hatte ja gesagt „Wie immer". Sie kam also regelmäßig. Zu Hause könnte er erst einmal im Internet nachforschen, was es mit dem ‚Topinambur' auf sich hatte. Beim zweiten oder dritten Besuch in Pablos Bar ergab sich dann vielleicht eher die Gelegenheit mit ihr zu sprechen.

18

Zu Hause fuhr er sofort seinen Laptop hoch, forschte nach Topinambur. Seltsam, dass er das nicht gewusst hatte. Noch im 19. Jahrhundert war es ein bekanntes Nahrungsmittel, ein Ersatz für die Kartoffel. Die essbaren Knollen bildeten sich an den Wurzeln einer Pflanze, die im Herbst mit Blüten kam, die denen der Sonnenblume ähnelten. Noch Goethe hatte es in seinem Garten angebaut. Die pulverisierten Knollen konnte man als Verdickungsmittel für Getränke benutzen. Da fiel es ihm wie Schuppen von den Augen. Sie hatte es für ihren Kaffee genommen, weil sie unter Dysphagie litt. Schluckbeschwerden, wie sie nach Schlaganfällen oder traumatisch verlaufenen Operationen vorkamen. Speisen oder Getränke durften nicht in die Luftröhre kommen, was lebensgefährlich war und zu einer Embolie oder Lungenentzündung führen konnte. Um das zu verhindern, wurden sie verdickt, waren spürbarer im Mund. Patienten, die eine Dysphagie hatten, tranken aus Schnabeltassen oder nahmen so wie die Frau bei Pablo einen Strohhalm. Der Kopf musste beim Trinken leicht vorgebeugt sein. In der Klinik hatten sie andere Verdickungsmittel genommen. Kein Topinambur. Jetzt verstand er auch, warum sie sich in eine versteckt gelegene Bar zurückgezogen hatte. Sie mied zum Trinken oder Essen die Öffentlichkeit. Nur Pablo war wahrscheinlich eingeweiht. Möglicherweise, wie es bei der Dysphagie manchmal vorkam, hatte sie auch Schwierigkeiten beim Sprechen, hatte deshalb, als Pablo ihr den Kaffee brachte, nur genickt. Beim Verlassen der Bar hatte sie ebenfalls nichts gesagt, nur die Hand zum Gruß gehoben. Das war die Lösung des Rätsels. Er würde also sehr vorsichtig sein müssen, wenn er sie ansprach. Seine Schöne war scheu, würde den Kontakt meiden wollen, um ihr Handicap zu verbergen. Herzberg beschloss, nachmittags nicht mehr zum ‚Safari' zu gehen, sondern in Pablos Bar. Er würde im Laufe der Zeit der angebeteten Dame vertrauter werden und vielleicht ergab sich auch eine gute Gelegenheit, um sie anzusprechen.

Am nächsten Tag fand er sich um halb Fünf bei Pablo ein, stellte erfreut fest, dass sie schon in ihrem Winkel saß und eine Tasse mit Kaffee vor sich hatte, den sie, wieder den Kopf leicht vorgebeugt, mit einem Strohhalm trank.

Er setzte sich an die Theke, bestellte sich ein ‚Estrella‘, versuchte sie möglichst unauffällig zu beobachten. Sein Interesse an ihr sollte sie nicht merken. Zu Hilfe kam ihm das Glas einer der Vitrinen an der Wand hinter der Theke, in dem sie sich spiegelte. So musste er sich nicht zur Seite drehen, um sie zu sehen. Das tat er nur einmal, als sie etwas aus ihrem Rucksack holte und er es nicht genau erkennen konnte. Sie hatte eine Zeitschrift auf den Tisch gelegt, blätterte, las. Einmal hob sie die Illustrierte hoch, ihr Gesicht war dahinter versteckt, und da drehte er sich zu ihr hin, konnte das Titelblatt lesen. ‚Motorrad‘ stand da. ‚Magazin für schräge Lebensfreude‘. War seine Überlegung zur Dysphagie Unsinn gewesen? Hatte er es mit einer Bikerin zu tun, die nur die seltsame Angewohnheit hatte, den Kaffee mit einem Strohhalm zu trinken? Es verwirrte ihn, wurde noch rätselhafter, aber auch interessanter. Aber jetzt kannte er wenigstens ihre Nationalität. Deutsche, Schweizerin oder Österreicherin. Vom Motorradfahren hatte er keine Ahnung. Die Welt der Biker hatte ihn nie interessiert. Biker lagen höchstens im OP nach einem Unfall. Waren sie dann nicht mehr zu retten, konnte man ihnen, hatten sie einen Spenderausweis oder die Verwandten waren einverstanden, das Herz auf einem kurzen Transportweg für eine Transplantation entnehmen. Diesen Glücksfall hatte er im Laufe seiner Karriere dreimal erlebt. Sein Team war da schon vorbereitet, der Empfänger lag seit längerem dem Tod geweiht in der Klinik, wartete auf eine Meldung von Europlant. Und dann kam plötzlich das Herz aus demselben Haus, musste nur von dem einen Operationssaal in den anderen gebracht werden. Damit erhöhten sich auch die Chancen für eine erfolgreiche Verpflanzung.

„Was für blöde Gedanken!" fuhr es Herzberg durch den Kopf. Wie konnte er an Verpflanzungen denken, wenn es darum ging, etwas über die Empathie des

Herzens herauszufinden, über seine Empfindsamkeit und Wahrnehmungskraft! Er wischte sich mit der Hand über die Stirn, vergaß, dass dort ein Panamahut saß. Der flog auf den Boden, lag einen Meter neben ihm. Die schöne Frau blickte von ihrem Magazin auf, sah erstaunt oder auch amüsiert zu ihm. Herzberg schob sich, den Kopf schüttelnd, umständlich vom Hocker, hob den Hut auf.

„Entschuldigung!" sagte er. „Ich war ganz in Gedanken, hatte den Hut vergessen, dachte gerade an den schönsten Ort der Welt."

19

Die Bemerkung war ihm spontan herausgerutscht. Der schönste Ort der Welt. Das Herz etwa? Würde sie ihn jetzt fragen: „Was ist denn der schönste Ort der Welt?" Ein Lächeln schien sich auf ihren Lippen anzudeuten. Und dann winkte sie ihn mit der rechten Hand zu sich. Er nahm das Bierglas, ging zu ihrem Tisch. Da legte sie den Zeigefinger auf ihren Mund und deutete danach auf sich selbst. Zuerst meinte er, er solle sie nicht ansprechen, schweigen. Aber warum hatte sie ihn zu sich gewunken? Das war ein Widerspruch. Da verstand er. Sie konnte nicht sprechen. Auch nicht hören? Das war herauszufinden.

„Darf ich mich zu Ihnen setzen?" fragte er. Sie nickte, zeigte auf den Stuhl neben sich. Er ging zu ihr. „Wahrscheinlich wollen Sie wissen, was der schönste Ort der Welt ist. Für eine Motorradtour?" Er deutete auf das Magazin.

Sie versuchte wieder zu lächeln, bewegte die Lippen. Dann holte sie ein Smartphone aus ihrem Rucksack, tippte rasch mit beiden Fingern, hielt ihm den Text vor die Nase.

„Ja. Kann nicht sprechen, hatte beim Motorradfahren einen Schlaganfall. Hören okay."

„Verstehe", antwortete er. „Tut mir leid. Ja, was ist der schönste Ort der Welt? Eigentlich gibt es viele. Ich hatte gerade an die Cook Islands gedacht, an Rarotonga. Gehört zu Neuseeland. Die Insel kann man mit dem Motorrad in einer Stunde umrunden. Eine wunderbare Tour. Ist nur leider weit weg."

„Haben Sie gemacht?" schrieb sie.

„Ja", antwortete er. „Ist aber lange her. Daran musste ich eben denken und daran, wie doch die verdammte Zeit vergeht. Habe mich an die Stirn gefasst und vergessen, dass ich den Hut aufhatte. Manchmal passieren so komische Sachen."

Sie versuchte wieder zu lächeln, bewegte die Lippen. Dann zeigte sie auf den Strohhalm, schrieb: „Nicht wundern. Muss ich nehmen. Trinken sonst schwierig."

„Verstehe", sagte er. „Kenne ich. Habe als Chirurg gearbeitet. Jetzt nicht mehr. Hatte auch eine Art Unfall. Nicht so schlimm. Der Anfang von Parkinson. Meine Hand zittert beim Trinken. Darf nicht mehr operieren."

Sie tippte wieder, schrieb: „Welches Gebiet?"

„Das Herz", antwortete er. „Die Kardiologie."

20

Sie hatte den Kaffee ausgetrunken, verstaute das Magazin in ihrem Rucksack, wollte offensichtlich gehen. Da sagte er:

„Ich würde sie gerne Morgen wiedersehen."

Sie schrieb: „Warum?"

Was sollte er antworten? Die wahre Geschichte konnte er nicht erzählen. „Mein Herz schlägt schneller, wenn ich Sie sehe." Vielleicht würde sie ihm eine ironische Antwort geben, schreiben. „Dann hüten Sie sich bitte vor einem Infarkt!"

Er hob die Schultern, lächelte verlegen. „Einfach, weil ich Sie sympathisch finde."

Sie legte die Stirn in Falten, sah ihn prüfend an, zögerte, überlegte, tippte wieder, schrieb: „Umständlich!" Sie legte den Zeigefinger auf ihre Lippen, was zu bedeuten hatte: Umständlich, weil ich nicht sprechen kann. Wir haben nur eine mühsame, schleppende Konversation.

Er schüttelte den Kopf. „Nein, nicht umständlich. Ich werde die Gebärdensprache lernen."

Sie lehnte sich auf dem Stuhl zurück, sah ihn wieder prüfend oder auch überrascht an, bewegte die Lippen, als wollte sie wieder lächeln. Dann schrieb sie:

„Okay. Morgen in Gebärdensprache, wie es auf Rarotonga war!"

Sie stand auf, schob das Handy in den Rucksack, hängte sich den über die

Schulter, ging zur Theke, zahlte, nickte Herzberg einen Gruß zu, verließ die Bar. Pablo kam, nahm Tasse, Löffel und Strohhalm, lächelte vieldeutig, sagte:

„Una mujer hermosa! Es necesário hablar mucho con una mujer?" Eine sehr schöne Frau. Muss man mit einer Frau viel reden?"

Herzberg antwortete nicht darauf, nahm sein Glas, setzte sich wieder an die Theke, bestellte ein zweites ‚Estrella'.

„Ella viene siempre sola?" fragte er Pablo. – „Sie kommt immer alleine?"

„Sólo sola. Ella notiene a nadie." – „Nur alleine. Sie hat niemanden."

„Ella entiende español?" – „Sie versteht Spanisch?"

„Si. Ella me esribió porque ella toma café con paja. Ella siempre se sienta allá en aquella esquina." - „Ja. Sie hat mir aufgeschrieben, warum sie den Kaffee mit Strohhalm trinkt. Sie setzt sich immer dort in die Ecke."

„Y por la tarde? Ella tambien viene por la noche?" - „Und abends? Kommt sie auch am Abend?"

„No. Nosotros estamos abierto hasta las dos de la mañana. Está casi siempre ileno. Esto no le gusta. Ella prefiere quedar sentade sola desapericibida." - „Nein. Wir haben bis um Zwei in der Nacht auf. Es wird voll. Das mag sie nicht. Sie sitzt lieber alleine, unbeobachtet."

21

Sollte er ihr Morgen schon, falls sie überhaupt kam, per Zeichen sagen, wie es auf Rarotonga war? Wie sollte er das so schnell schaffen? Vielleicht reichte ihr fürs Erste ein einziges Wort: „Schön!" Er fuhr zu Hause den Laptop hoch, googelte ‚Gebärdensprache schön', fand bei ‚youtube' ein Video dazu. Die Geste war einfach. Man spreizte Daumen und Zeigefinger der rechten Hand, hielt Mittel- und Ringfinger parallel zum Zeigefinger, knickte den kleinen Finger ab, legte sich die Hand in dieser Formation an das Kinn.

Gewiss gab es auch Bücher, mit denen man lernen konnte. Er suchte bei ‚amazon', fand eine reiche Auswahl, entschied sich für den Titel ‚Gebärdensprache lernen'. Er bestellte das Buch nicht über den Postdienst. Da würde es lange unterwegs sein. Er lud es als ‚Kindle-Reader' herunter, konnte sogleich mit dem Lesen beginnen, studierte das Vorwort, war überrascht von den Möglichkeiten der Gebärdensprache. Manche Gebärden schienen ihm kompliziert, andere wiederum einfach. Wenn man etwa, um ‚Guten Appetit' zu wünschen, mit der Faust auf den Tisch klopfte. Neben den zahlreichen Gesten gab es auch ein Fingeralphabet, mit dem man die einzelnen Buchstaben zeigte. Die DGS, die deutsche Gebärdensprache, war seit 2002 als vollwertige, eigenständige Sprache anerkannt, eine visuelle Sprache, die eine vollständige Kommunikation ermöglichte. Egal wie abstrakt oder komplex das Thema sein mochte. Man konnte sich über das Wetter wie auch über Atomphysik unterhalten. Eine etwas abgewandelte Grammatik war zu beachten. Gesprochen sagte man: „Ich kaufe ein Buch." In der Gebärdensprache änderte sich die Wortstellung: „Ich Buch kaufe."

Zu den Zeichen kam auch noch die Mimik hinzu. So hob man zum Beispiel bei Fragen die Augenbrauen, rümpfte bei Missfallen die Nase, presste als Mann beim Anblick einer schönen Frau die Lippen zusammen und riss die Augen auf.

Für die anstehende Begegnung mit seiner ‚Beatrice' prägte sich Herzberg zunächst fünf Zeichen des Alphabets ein. Das s, das c, das h, den Umlaut ö und das n. Dann aber packte ihn der Ehrgeiz und er lernte bis in die Nacht hinein das gesamte Fingeralphabet. Er wollte nicht nur die Frage nach der Tour rund um Rarotonga beantworten, sondern sie auch nach ihrem richtigen Namen fragen und es dann verstehen können, wenn sie ihm mit den Fingern antwortete.

Er war sich bewusst: Bis zu einer vollständigen oder nahezu vollständigen Beherrschung der Gebärdensprache war es ein weiter Weg. Aber es war für ihn auch spannend herauszufinden, worüber man sich in der Gebärdensprache unterhalten konnte. War da das Elementare nicht das Naheliegende? Was überhaupt war für eine Frau das Elementare? Oder besser: Was war für sie, für ‚Beatrice', das Elementare, das Wichtige? Dass er ihr allerdings mit dem Fingeralphabet das Akronym ILY, dieses universelle Zeichen, I love you, zeigen dürfte, war gewiss noch ein Traum.

22

Die Sonne hatte an Beständigkeit gewonnen. Wieder ein strahlend blauer Tag. Herzberg saß am Morgen vor dem ‚Safari'. An den Nachbartischen mochte man sich wundern, was er mit seinen Händen machte. Mal war es ein Kreis, den er mit Zeigefinger und Daumen bildete, mal eine Kreuzung zwischen Zeige- und Mittelfinger und noch viele andere merkwürdig scheinende Figuren. Er übte, repetierte, was er am Abend zuvor und auch noch in der Nacht gelernt hatte. Repetitio est mater studiorum. Die Wiederholung ist die Mutter der Studien. Bloß kein Versagen am Nachmittag, wenn es darauf ankam! ‚Beatrice' sollte erkennen, dass er es ernst meinte.

Bereits um Vier saß er an der Theke bei Pablo. Der lächelte, sagte, als er ihm das erste ‚Estrella' hinstellte: „ Mucha suerte!" – „Viel Glück!"

Um halb Fünf erschien sie, trug wieder das schöne, marineblaue Kleid, den schwarzen Hut auf dem Kopf, den kleinen Lederrucksack hatte sie lässig über die Schulter geschwungen. Sie nickte ihm einen Gruß zu, ging an ihm vorbei weiter zu ihrem Tisch. Pablo fragte nicht, ließ sogleich den Kaffee aus der Maschine laufen, brachte ihn mit Löffel und Strohhalm zu ihr. Sie holte aus ihrem Rucksack die Dose mit ‚Topinambur', schüttete eine kleine Portion in den Kaffee, rührte. Bevor sie aber den Strohhalm eintauchte, machte sie sich noch einmal an ihrem Rucksack zu schaffen, legte ihr Smartphone auf den Tisch, winkte ihm, bedeutete ihm, sich zu ihr zu setzen. Das Glas mit dem ‚Estrella' in der Hand folgte er ihrer Einladung, sagte „Buenos dias!", setzte sich. Sie nickte, was so viel wie ‚ebenfalls' heißen mochte. Ihren Blick konnte er nicht deuten. War das Skepsis oder die Vorfreude, dass er bei der Gebärdenprüfung versagen würde? Sie mochte ihn für ein Großmaul halten, wie es in ihrem Leben bestimmt schon viele gegeben hatte. Wer vertiefte sich schon nach dem ersten Treffen in diese geheimnisvollen Zeichen?

Sie tippte jetzt Buchstaben in ihr Handy, zeigte ihm das Display. „Rarotonga?" stand da mit einem Fragezeichen als Aufforderung. Er nickte, machte die Gebärde mit der Hand am Kinn, wiederholte das Wort ‚schön' mit dem

Fingeralphabet. Sie hob erstaunt die Augenbrauen. Mit dem Zeigefinger deutete er auf sich, bildete mit den Fingern die Buchstaben für seinen Namen, Niko, zeigte dann lächelnd auf sie. Aufmerksam verfolgte er die fünf Figuren, die sie mit den Fingern ihrer rechten Hand bildete. Das S, das O, ein N, ein J, ein A. „Sonja", sagte er zum Beweis, dass er verstanden hatte.

„Ist ein bescheidener Anfang", bemerkte er. „An nur einem Tag kann ich nicht alles lernen. Aber ich würde mich freuen, wenn es mehr werden darf."

Sie lehnte sich zurück, sah ihn aufmerksam an, bewegte die Lippen, so als bemühe sie sich um ein Lächeln. Dann tippte sie wieder Tasten, schrieb, schob ihm das Handy zu.

„Okay" stand da. „Versuchen wir es."

23

Von seinem Platz hinter der Theke beobachtete Pablo die Beiden. Die Frau wirkte jetzt viel lebendiger, tippte, schob seinem neuen Gast das Handy zu, legte die Hand auf ihre Brust oder die Schulter, nahm manchmal beide Hände, zeigte manchmal auf ihn, dann wieder auf sich. Es war ein Schauspiel, das einer Pantomime ähnelte. Offensichtlich funktionierte eine erste Verständigung zwischen ihnen. Da hatte er manche Gäste lebloser an den Tischen sitzen sehen. Vor allem, wenn sich ein schon älteres Ehepaar zufällig in seine Bar verirrt hatte.

Herzberg erfuhr an diesem Nachmittag viel von ihr. Es waren nicht nur Zeichen mit den Fingern, getippte Informationen, sie blätterte auf dem Handy auch durch eine Fotogalerie, zeigte ihm Bilder. Jetzt wusste er: Sie hatte in der Eifel, in Mayen, eine eigene Gärtnerei gehabt, die sie aber nach dem Unfall nicht mehr hatte betreiben können. Fünf Jahre war der Unfall her. Wie Herzberg selbst war sie Single geblieben, hatte offensichtlich Beruf und Freiheit geliebt. Nach Affären oder Beziehungen fragte er nicht. Seit zwei Jahren kam sie nach Spanien, blieb ein paar Monate. Auch jetzt hatte sie vor, bis zum Juni zu bleiben. Wie er wohnte sie in einem der Blöcke der Laguna-Anlage, im Edificio Nr. 7, also fast nebenan, nur etwas näher zum Strand hin. In ihrem Heimatort wie auch in Spanien hatte sie Kontakte nur über Facebook mit Menschen, die ein ähnliches Schicksal hatten wie sie.

„Und die Freunde von früher?" fragte er.

„Wenig", tippte sie. „Manchmal nimmt mich einer als Sozia auf dem Motorrad mit. Aber es liegt an mir. Ich habe mich zurückgezogen, will kein Bedauern, kein Mitleid."

Von sich wusste er nur wenig zu erzählen. Die meiste Zeit hatte er in der Klinik, im OP verbracht oder nachts auf dem Klappstuhl im Büro.

„Wie ist das, wenn man ein Herz auswechselt?" wollte sie wissen.

„Seltsam", sagte er. „Auch nach der tausendsten OP noch seltsam. Es wird nicht zur Routine, weil es auf Leben und Tod geht. Übrigens wird nicht das ganze Herz ausgewechselt. Der Empfänger behält die Hinterwand. Vom Spender wird die vordere Hälfte genommen. Beide Hälften werden vernäht. Betrachten Sie mich ruhig als Handwerker mit Nadel und Faden. Ich weiß, der Kardiologe hat ein besonderes Ansehen. Aber das ist nicht gerechtfertigt. Eine Transplantation der Leber dauert länger und ist schwieriger. Aber weil das Herz sich im Gegenteil zu den anderen Organen bewegt, hat es bei den Menschen eine Ausnahmestellung. Wie auch der Chirurg. Das Herz wird als Sitz der Empfindungen gesehen. Es freut sich, wenn es etwas Schönes sieht, in angenehmer Gesellschaft ist."

Sie bewegte die Lippen zu einem Lächeln, tippte „Und deins jetzt?"

„Es freut sich", antwortete er.

24

Sie verabschiedeten sich von Pablo. Der nickte Herzberg, als Sonja sich schon zur Tür gedreht hatte, aufmunternd zu, was bedeuten sollte: „Das wird was!" Herzberg begleitete sie bis zu ihrem Wohnblock, dem Edificio Nr. 7, das ‚Santa Rosa' hieß. Sie nahmen den Weg oben durch die Stadt. Sonja drehte beide Zeigefinger wie ein Karussell umeinander. Er verstand nicht. Sie tippte in ihr Handy: „Weg wie immer." Sie machte also täglich diesen Rundgang. Vor der Eingangstür zu ihrem Wohnblock hatte er noch einmal die Gelegenheit, etwas zu erraten oder zu erahnen. Sie winkte ihm mit der offenen Handfläche zu, legte den Zeigefinger auf ihre rechte

Wange, zeigte dann auf ihn. Was mochte es heißen? „Küss mich zum Abschied bitte auf die Wange?" Das passte nicht zu ihrer Zurückhaltung. „Tschüss, bis Morgen?" fragte er. Sie nickte.

Bei sich zu Hause war Herzberg in bester Stimmung. Jeder melancholische Anflug, den er seit seinem Abschied aus dem Beruf und der Diagnose so oft hatte, war verschwunden. Er hatte in den letzten Monaten oft daran gedacht, dass sich das Leben von der Geburt an zum Tod hin entwickelt. Das Gefühl der Sinnlosigkeit war wie eine Welle über ihm zusammengeschlagen. Was war der Tod? Eine Vernichtung, ein Verschwinden in ewige Dunkelheit? Sein, Gewesensein? Als er noch im Beruf war, hatte er sich über diese eschatologische Frage kaum Gedanken gemacht. Jetzt aber war ein anderer Abschnitt erreicht, einer, der auf das Ende zulief. Die meiste Zeit auf der Lebensuhr war wohl abgelaufen. Beim Gang zum ‚Safari' war er auf der Strandpromenade immer an einer Sonnenuhr vorbeigekommen. Da stand nicht, wie meist üblich: „Mach es wie die Sonnenuhr, zähl die heit'ren Stunden nur!"

Sondern da stand, erinnernd an das ‚Memento Mori', an die Vergänglichkeit:

„Recuerda que la esfera del reloj se oscurece!"–„Bedenke, dass das Ziffernblatt dunkel wird!"

Früher hätte er dem Spruch kaum Beachtung geschenkt. Die Frage nach dem ‚Woher' und ‚Wohin' war sowieso nicht lösbar. Mochten sich Philosophen, Dichter und Pfarrer darum kümmern. Seit er in Spanien war und auf der Promenade an der Sonnenuhr vorbeikam, warf er jedes Mal einen Blick auf die Uhr und dann kam jene Wolke der Melancholie.

Aber jetzt? Seltsam, dass ihn die Vergänglichkeit, wenn er an Sonja dachte, nicht berührte. Verliebtsein schien ein Mittel gegen den Tod, war wie ein Rausch, bei dem sich eine Sinnfrage nicht mehr stellte. Die Welt war federleicht, als hätte er einen Joint geraucht. Beschwingt machte er sich wieder an das Lernen der Gebärden. Sonja und er würden ihre eigene Sprache bekommen, jenseits der Worte. Wann könnte er sie fragen, ob auch ihr Herz so wie seins in einen schnelleren Takt gefallen war beim Gang am ‚Safari' vorbei? Noch war es dazu zu früh. War diese Frage überhaupt noch wichtig? Sollte das Herz doch ruhig über Neuronen und eine eigenständige Wahrnehmungskraft verfügen! Er musste es nicht mehr operieren oder auswechseln. Er musste nur darauf hören, was es ihm sagte.

25

Und noch etwas änderte sich in Herzbergs Leben. Hatte er zuvor nicht viel übrig für philosophische Diskurse, Überlegungen, intelligentes Rätselraten, Definitionen, die sich im Kreis drehten und seiner Meinung nach keine Lösung brachten, so wandte er sich jetzt von der rein naturwissenschaftlichen Betrachtung ab, ohne sie jedoch ganz aus den Augen zu verlieren. Er unternahm eine persönliche philosophische Wanderung. Was war das, was ihn so an Sonja anzog und sein bisheriges Wissen über die Aufgabe und Funktion des Herzens auf den Kopf stellte? Herzberg beschäftigte sich mit den philosophischen und auch dichterischen Aussagen über das Wesen der Schönheit. Dabei weigerte er sich eine rationale Lösung zu finden, war sich bewusst, Sonjas Attraktion nicht auf einen wissenschaftlich gültigen Punkt, auf ein nachvollziehbares Verständnis bringen zu können.

Von den klugen Aussagen der Philosophen gefielen ihm einige, andere ließen ihn kalt. So hätte er zum Beispiel die von Picasso porträtierte Frau „Femme au béret rouge-orange" nicht als schön empfunden, sondern sie sogleich in den OP geschoben. Die Augen wieder gerade gerichtet, die Schweinsnase darunter plastisch korrigiert. Dass jemand von diesem Bild, Öl auf Leinwand, fasziniert war und es so schön fand, dass er 30 Millionen Dollar dafür hinblätterte, gehörte offensichtlich zum ‚Paradoxon des Hässlichen'. Wahrscheinlich konnte man auch das extrem Hässliche zum Schönen hin definieren. Gut, dass Sonja nicht so aussah! Er hätte Mitleid empfunden. Sicher, man hätte ihn als einen Kunstbanausen bezeichnen können, als einen Ahnungslosen, der nicht verstehen wollte, dass Picassos Bild von seiner Kunst her schön war, von seiner gekonnten Farbigkeit und der Gestaltung der Form. Die Kunstexperten hatten dafür den Begriff ‚intrinsische Betrachtung'. Eine Sicht, die inwendig war, innerlich. Aber was sollte man da innerlich sehen? Ein Psychologe hätte gesagt, diese Frau sei innerlich zerrissen, so unglücklich, dass sie den Spiegel aus ihrem Badezimmer entfernt hätte. Und Picasso war eben künstlerisch so geschickt und einzigartig, dass er den inneren Vorgang nach außen auf die Leinwand gebracht hatte. Schönheit? Eher ein geschickt manipulierter Marktwert.

Andere Beschreibungen der Schönheit gefielen Herzberg. Ging man zurück ins Mittelalter, so war Schönheit nichts anderes als der Glanz der Wahrheit. Ging man zurück in die Antike, so war Schönheit das Streben nach dem Guten. Was war das für ein Gegensatz zur Flachheit der modernen Smartphone-Gesellschaft! Da war der Begriff der Schönheit glatt, oberflächlich, eitel, hollywoodlike. Schönheit als Geschäft, profitabel.

Am besten gefiel Herzberg die Aussage: „Schönheit ist die liebende Haltung gegenüber dem Objekt des Wohl-gefallens."

Sonja machte ihn lebendig, sinnlich, verwandelte ihn. Musste er sich erklären, warum sie ihm gefiel, warum sie ihn so anzog und sein Herz ansprach? Nein, musste er nicht. Es war einfach so. Man musste das Wasser nicht verstehen, um hineinzuspringen. Und ging man an einem Blumenladen vorbei, musste man nicht darüber nachdenken, warum man Blumen als schön empfand. Da musste man nichts nach dem ‚Goldenen Schnitt' des Euklid erklären, Proportionen berechnen, ein Teilungsverhältnis, bei dem das Verhältnis des größeren Teils zum kleineren mit dem Wert 1:1,6 übereinstimmte. Damit war dem Mysterium der Schönheit nicht beizukommen.

Sonja war für ihn einfach schön. Gewiss entsprachen auch ihre luftig schwingenden Kleider und Chiffonröcke dem Goldenen Schnitt, waren feminin. Dass sie wegen ihres Unfalls nicht sprechen konnte, störte ihn nicht, löste keine Bedenken aus. Es gab genug Möglichkeiten der Verständigung.

26

Die Krisen in der Welt verschärften sich. Wieder einmal nahm die atomare Bedrohung zu. Ein dekadenter Westen gegen ein waffenstarrendes Russland.

Neben all den anderen Krisen wie Klima, Inflation und Corona gab es die Möglichkeit, innerhalb von Sekunden ausgelöscht zu werden. Man konnte schier wahnsinnig werden über die Dummheit der Menschen, die sich global in vier Kategorien aufspalteten. Verhungert, verbittert, verunsichert oder vermögend, aus Profitgier unverschämt reich. Zur letzten Kategorie gehörten die Wenigsten. Irgendein Fehler war im System. Bei den Affen im Urwald würde es friedlicher zugehen. Herzberg beschloss, sich nicht mehr über den Irrsinn in der Welt aufzuregen. Genauso wie ein Arzt in der Psychiatrie sich nicht über seine Patienten empörte. Und genauso wie er selbst niemals einem Kranken einen Vorwurf wegen seines Herzfehlers gemacht hätte. Er stellte fest, dass die Schwere der Melancholie, die bei ihm ab und zu durchbrach, verschwunden war. Daran war Sonja schuld. Offensichtlich war Verliebtsein die beste Medizin gegen die Gebrechlichkeit der Welt. Wenn alle Menschen ineinander verliebt wären oder zumindest respektvoll und hilfreich miteinander umgingen, wäre die Erde ein Paradies.

Am nächsten Tag trafen sie sich vor dem Wohnblock ‚Santa Rosa', machten sich die Strandpromenade entlang auf den Weg zu Pablo. Kurz vor dem ‚Safari' passierte es. Herzberg sah etwas auf dem Pflaster liegen, das aussah wie ein Gebiss.

„Da hat jemand sein Gebiss verloren", sagte er in seiner ersten Wahrnehmung zu Sonja.

Sie sah genauer hin, fasste sich an die Stirn, ihre Mundwinkel verzogen sich und dann brach ein Lachen heraus. Sie setzte sich auf die Strandmauer, schüttelte den Kopf, hielt sich die Hand vor den Mund. Da bemerkte er, dass der Gegenstand, den er nur kurz betrachtet hatte, gar kein Gebiss war, sondern der Absatz eines Schuhs.

„Sorry!" sagte er. „Ich muss meine Augen überprüfen lassen. Gehen wir weiter!"

Sie schüttelte wieder den Kopf, nahm ihr Handy, tippte, reichte es ihm.

Er las: „Ich kann nicht. Hose nass."

„Verstehe", sagte er. „Du hast dir vor Lachen in die Hose gemacht. Kein Problem. Wir setzen uns jetzt ins ‚Safari' und warten, bis sie trocken ist. Bestell dir einen ‚Irish Coffee'. Den kannst du ohne

Aufsehen mit Strohhalm trinken. Hast du bemerkt, was passiert ist? Du hast richtig gelacht."

27

Er bestellte für Sonja einen Irish Coffee. „Con pajita", sagte er. Mit Strohhalm. Für sich selbst wie gewöhnlich ein ‚Estrella'. Der Kellner lächelte ihm wie immer freundlich zu, aber mit einem etwas veränderten Blick, so als wolle er bedeuten: „Wurde aber auch Zeit! Jetzt haben Sie endlich eine Begleitung."

Fast alle Tische des ‚Safari' waren besetzt. Er bemerkte, dass Sonja sich scheu umsah, als sie die Dose mit dem Topinambur aus dem Rucksack holte, sich etwas von dem Pulver in das Getränk kippte und mit dem Strohhalm verrührte.

„Mach dir nichts daraus", sagte er. „Es ist egal, was sich andere Leute dabei denken. Wahrscheinlich meinen sie, dass du dir mit einem ‚Magic Powder' den ‚Irish Coffee' verfeinerst. Das macht dich nur noch reizvoller."

Sie hob fragend die Augenbrauen, versuchte jedoch wegen des Publikums keine Gebärdensprache, sondern nahm ihr Handy, tippte rasch einen Text, schob ihm das Gerät zu.

„So? Was findest du denn an mir?"

Etwas verlegen sagte er: „Ich fühle mich in deiner Gesellschaft einfach wohl. Es ist, als säße ich in einer warmen Badewanne. Sorry", fügte er hinzu. „Mir fällt einfach nichts Besseres ein."

Ihre Mundwinkel verzogen sich, aber die Augen lächelten. Sie tippte:

„Und mein Handicap? Macht es dir nichts?"

Erst hatte er antworten wollen: „Nein, es entlastet mich von eigenen Fehlern." Aber dieser Satz schien ihm jetzt noch zu riskant. Er schüttelte den Kopf, bemerkte nur: „Ach was! Überhaupt nicht." In etwas salopper Manier dachte er dabei: „Man muss ja nicht immer blöd herumquatschen."

Nach dem ‚Safari' fanden sie sich bei Pablo ein. Hier, ohne Publikum, war der Austausch intensiver. Sie tippte kleine Texte mit geübter Geschwindigkeit, unterstrich sie mit Gebärden, die er sich merkte. Es waren zunächst ein paar biographische Fragen. Mit der Neugierde nach dem Sternzeichen wurde es etwas intimer. Sie war Zwilling, er Wassermann. Dann sollte er ihr Alter raten. Charmant tippte er auf 40. Sie verzog mit dem Versuch eines Lächelns die Mundwinkel, tippte 58. Dann kam ein längerer Text:

„Kann der promovierte Herr Doktor überhaupt etwas mit der Gesellschaft einer einfachen Gärtnerin anfangen?"

„Blödsinn!" antwortete er. „Ich war nur ein Fachidiot. Im Leben bin ich nicht über das vierte Schuljahr hinausgekommen."

28

Sie trafen sich jetzt jeden Tag bei Pablo und sie scheute sich nicht, auf dem Weg dorthin mit ihm vor dem ‚Safari' zu sitzen. Und dann kam auch der Tag, an dem sie ihn zu sich zum Essen einlud. Sie wollte kochen. „Sei bitte nicht erstaunt, wenn ich langsam esse und einen besonderen, gebogenen Löffel nehme. Du weißt ja, warum", tippte sie.

„Kein Problem", hatte er geantwortet. „Bei mir zittert die Gabel in der Hand, und du hast eben einen besonderen Löffel. Ich bringe eine Flasche Wein mit. Roten oder weißen? Trocken, halbtrocken oder süß?"

„Rot und trocken!"

Sie hatte an dem Abend italienisch gekocht. Hähnchenschnitzel Florentiner Art, mit Zwiebeln, viel Knoblauch, Salz, Pfeffer, Muskat, Petersilie. Überbacken mit geriebenem Parmesan. Darunter gemischt waren Tomatenscheiben und Spinat. Dazu reichte sie Ciabatta. Als Nachtisch gab es Tiramisu. Die zwei Flaschen ,Rioja', die er mitgebracht hatte, wurden an diesem Abend leer.

Er dachte daran, dass sie bald Geburtstag hatte und überlegte sich an diesem Abend, sie zu einem Flug nach Rarotonga einzuladen. Als Geburtstagsgeschenk. Aber das erschien ihm dann als zu kühn, zu früh, zu großartig, zu großspurig, zu vereinnahmend. Er erzählte ihr jedoch von dem schnelleren Takt seines Herzens, wenn sie am ,Safari' vorbeikam, von seinem Experiment mit der Sonnenbrille.

„Und bei dir?" fragte er. „Wie ist es dir ergangen? Hast du etwas bemerkt, wenn du am ,Safari' vorbeigegangen bist?"

Sie führte beide Hände zusammen, so dass die Fingerspitzen sich berührten, hob die Hände zur Brust hin, schüttelte zweimal den Kopf, hatte die Augenbrauen leicht zusammengezogen. Danach hob sie die Hände, wobei Daumen und kleiner Finger gespreizt waren, zur Schulter hoch. Er lächelte, verstand die Gebärde.

„Nein, damals nicht, aber jetzt", bedeutete es.

An diesem Abend ging er nicht mehr nach Hause.

29

Am späten Morgen saßen sie bei ihr auf der Terrasse, hatten den Blick zum Meer, über dem die Sonne schon südlich gewandert war und die Richtung nach Afrika wies. Sonja hatte ein Frühstück gezaubert, wie er es seit langem nicht mehr gehabt hatte. Nicht das Handy lag neben ihr, sondern ein Block, auf dem sie unter seinen neugierigen Blicken etwas schrieb. Sie riss den Zettel ab, gab ihn Herzberg. Er las:

„Stimmt nicht ganz, dass mein Herz erst seit gestern schneller schlug. Das war auch beim Vorbeigehen am Safari so. Ich dachte, es sei wegen der Menschen, wegen meiner Scheu angesprochen zu werden. Da bin ich

am Safari immer etwas schneller gegangen."

„Ja", sagte er. „Abgesehen von uns
Beiden hast du mir eine neue Aufgabe
verschafft. Ich will es kurz erklären. Es
muss im Herz ein noch nicht entdecktes
neuronales Geflecht geben, das Signale
sendet. Um das Herz herum wird ein
elektromagnetisches Feld liegen. Mögen
sich Zwei, kommt es zu einer
Überlagerung, einer Verstärkung, einer
Interferenz der Wellen. Der Volksmund
hat recht. Es funkt zwischen den Herzen.
Ich sehe jetzt, dass all diese Sprüche
stimmen. ‚Man sieht nur mit dem Herzen
gut.' Und so weiter. Früher hätte ich
darüber den Kopf geschüttelt. Jetzt nicht
mehr. Ich werde in der Zukunft kein Herz
mehr operieren, kann ich ja auch nicht
mehr, aber mit Physikern und IT-
Technikern zusammenarbeiten, um dieses
elektromagnetische Feld zu beweisen. Es
dürfte mindestens fünf Meter weit reichen,
also in den Abstand hinein, mit dem du an
mir vorbei gegangen bist. Ich würde mich
nicht wundern, wenn das Herz das größte
eigenständige Sinnesorgan ist, das wir
haben."

Sie hob die Augenbrauen, legte die Stirn in Falten, zeigte mit dem Finger auf sich. Und ich? bedeutete das. Nur eine Affäre? Hatte ich dazu gedient?

Er lächelte, schüttelte den Kopf. „Nein. Der wissenschaftliche Aspekt ist zwar sensationell, reizvoll, klar, gerade für mich, aber das wirklich Wichtige bist du. Ich schlage mir jetzt nicht die Tage und Nächte um die Ohren, um ein elektromagnetisches Feld und die Interferenz zu beweisen. Mach dir da keine Sorgen, keine Gedanken drüber!"

30

In der Zeit, in der er nicht mit Sonja zusammen war, vertiefte sich Herzberg in die Biophysik, studierte und analysierte Messgeräte für elektromagnetische Wellen und Felder. Es gab schon zahlreiche handelsübliche Instrumente zur Bestimmung der elektrischen Felder bei Smartphones, WLAN-Boxen, Stromleitungen und so weiter. Aber das ein Herz umgebende elektrische Feld wäre schwer zu bestimmen, würde eine Dichte von nur wenigen Mikrotesla haben, die allerdings

ausreichten, um eine empathische Über-
tragung zu ermöglichen. Das war ihm
wegen Sonja und seines Experimentes mit
der Sonnenbrille völlig klar und
unwiderlegbar. Ein neues und viel
sensibleres Messgerät müsste entwickelt
werden. Und ebenso ein Interferometer,
das die Interferenz, die Überlagerung der
Herzenswellen anzeigte. Diese elektro-
magnetischen Wellen konnten sich
zwischen zwei Herzen verstärken,
schwächen oder auch gegenseitig
auslöschen. Übertragungen gingen nicht
nur über die Synapsen von
Nervengeflechten. Wie dumm und
verbohrt er doch früher gewesen war! Da
hatte der Volksmund das mit seinen
Sprüchen schon immer gewusst und selbst
den alten Ägyptern war die besondere
Funktion des Herzens bewusst gewesen.
Alle Organe wurden bei Mumifizierungen
entfernt. Nur das Herz nicht, weil es von
den Göttern gewogen wurde. War es
wegen seiner Taten ein gutes, war es
leichter als eine Vogelfeder. War es ein
böses, hatte es die Schwere eines Felsen.
Das Herz würde also auch ein eigenes
Gedächtnis haben so wie eben das
menschliche Gehirn.

Herzberg betrat ein ganz neues Feld der Wissenschaft, ein Gebiet, das man in mechanistischer Anschauung als esoterischen Unsinn abtun würde. Er erzählte auch Sonja von seinen Überlegungen und Einsichten und erfuhr von ihr, dass sie früher vor ihrem Unfall immer mit ihren Blumen geredet hatte. Schöner, stärker und haltbarer seien sie dadurch geworden.

Im Laufe seiner Studien kamen Herzberg jedoch Bedenken. Was würden die Menschen mit einem Interferometer, das irgendwann für jedermann erschwinglich sein würde, anstellen? Hatten wissenschaftliche Entdeckungen nicht auch ihre Schattenseiten? Einstein hatte seine Hilfe bei der Entwicklung atomarer Kräfte bitter bereut. Mit Schwarzpulver konnte man Tunnel in Felsen sprengen, aber auch Menschen töten. Mit dem Elektronenmikroskop konnte man segensreiche Entdeckungen machen oder aber auch als Virologe die Menschen mit immer neuen Mutanten ängstigen. Was würde mit einem allgemein zugänglichen Interferometer geschehen? Mit einem Gerät, das man wie ein Smartphone immer bei sich haben konnte? Wie die mittelalterliche Pest würde sich die Messsucht verbreiten. Ehen würde geschieden werden, weil die Frau oder der Mann sagte: „Aha, ich sehe jetzt, unsere Wellen vertragen sich nicht, schwächen sich, löschen sich gegenseitig aus. Das habe ich vorher nicht gewusst. Würde nicht ein gesellschaftliches Chaos entstehen und wie beim Handy ein profitgeiler Markt, wenn jeder mit so einem Gerät herumliefe und es auf seine Mitmenschen richtete?"

„Die Wissenschaft", so dachte er schließlich, „hat auch die Verantwortung des Verschweigens. Ich werde kein Interferometer entwickeln oder dabei helfen. Das Herz soll weiter sein Geheimnis hüten. Ich bin zufrieden mit meinem späten Glück und sehe zu, dass Sonjas und mein Herz lange im gleichen Takt schlagen."

*

Website: www.ruediger-schneider.net
Email: mail@ruediger-schneider.net

'Kerbelmanns Flucht', Roman, 228 S., ISBN 978-3755781691, erschienen Januar 2022

Mario Kerbelmann avanciert dank einer Affäre vom unbedeutenden Lokalreporter zum Referenten für Klimaschutz im Umweltministerium. Bis ihn die Begegnung mit einem Chemieprofessor und Nobelpreisträger darüber aufklärt, dass der Einfluss von Kohlendioxid auf das Klima ein ideologischer Irrläufer ist. Als ihn dann auch noch während der vierten Corona-Welle das Ordnungsamt aus seiner Lieblingskneipe verweist, ist das Maß voll. Er sucht nach einem Ausweg aus all den Krisen: Klima, Corona und natürlich auch die Beziehungen, die er zu Frauen hat.

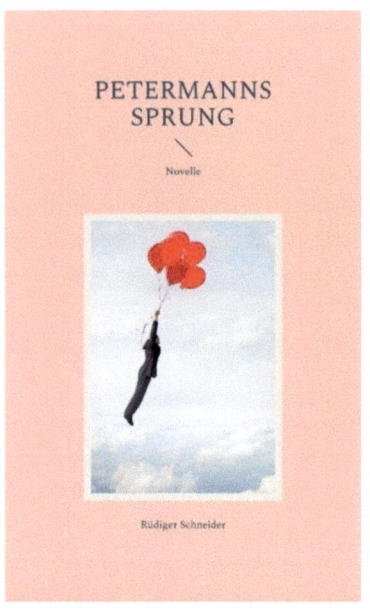

‚Petermanns Sprung', Novelle, 92 S., ISBN 978-3753453811, erschienen März 2022

Der Erzähler in dieser Novelle bekommt in seinem Mehrfamilienhaus einen neuen Nachbar, eben den Herrn Petermann, bei dem es hoch hergeht. Bis zu einem Zusammenbruch, von dem sich Petermann durch einen Sprung wieder erholt und dem Erzähler ein wunderbares Abenteuer beschert.

Erscheint im August 2022: Stefan Koppermann, Rüdiger Schneider: ‚Scheherazade – Zeitschrift für Literatur, Nr. 45'. Gegründet und erstmals erschienen 1989.